Translating Mo'um

일러두기
· 187쪽 '메모'를 제외한 각주는 모두 옮긴이의 것이다.
· 「날개 2」와 「날개 3」은 시의 형태를 살리기 위해 영-한, 영-한이 아니라 영-영, 한-한의 순서로 배치했다.

몸 번역하기

캐시 박 홍 지음

정은귀 옮김

마티

차례

I.

II.

III.

엄마 아빠에게

그로테스크한 몸은 … 무언가가 되는 행위로서의 몸이다.
완성도, 완결도 모르는 몸, 계속해서 만들어지고, 창조되고,
또 다른 몸을 만들고 창조하는 몸이다.
── 미하일 바흐친

그녀는 그 말을 흉내 낸다. 말투가 비슷할지도 모르겠다.
── 테레사 학경 차

I.

Zoo

Ga   The fishy consonant,
Na   The monkey vowel.

Da   The immigrant's tongue
       as shrill or guttural.

Overture of my voice like the flash of bats.
The hyena babble and apish libretto.

Piscine skin, unblinking eyes.
Sideshow invites foreigner with the animal hide.

Alveolar *tt*, sibilant *ss*, and glottal *hh*

shi: poem
kkatchi: magpie
ayi: child

Words with an atavistic tail. History's thorax considerably
cracked. The Hottentot click called undeveloped.

Mother and Father obsessed with hygiene:
as if to rid themselves of their old third world smell.

동물원

가 　　　수상한 자음,
나 　　　장난꾸러기 모음.

다 　　　이민자의 혀
　　　　쉿소리 혹은 쉰소리로.

내가 부르는 서곡은 박쥐들 섬광 같아.
하이에나의 횡설수설과 원숭이 폼 오페라 대본.

미끈한 피부, 깜빡임 없는 눈.
맛보기 공연은 동물 가죽 입은 외국인을 초대하고.

치경음 ㅌ, 치찰음 ㅆ, 성문음 ㅎ

shi: 　　　시(poem)
kkatchi: 　　까치(magpie)
ayi: 　　　아이(child)

퇴행된 꼬리 붙은 단어들. 역사의 흉곽은 커다랗게
갈라지고. 호텐토트족 혀 차는 소리는 미개하다 여겨지네.

위생에 집착하시는 어머니 아버지:
오래된 제3세계 냄새를 지우려 하시는 듯.

Labial *bs* and palatal *ts*:

La	the word
Ma	speaks
Ba	without you

I dreamed a Korean verse, a past conversation
with Mother when they said I was blathering unintelligibly
in my sleep.

The mute girl with the baboon's face unlearned
her vowels and cycled across a rugged phonetic map.

Sa	glossary
Ah	din
Ja	impossible word

Macaws turned into camouflaged moths.
The sky was overcast, the ocean a slate gray

along the wolf-hued sand. I dived into the ocean
swam across channels to islands without flags;

replaced the jingoist's linotype with my yellowing
canines and shrilled against the anemic angel who

순음 ㅂ 그리고 구개음 ㅊ:

라   그 글자
마   말을 한다
바   너 없이

난 한국어로 된 시를 꿈꾸었지, 어머니와 나누던 지난날
대화. 자다가 내가 알아듣기 힘든 소리를 조잘댔다고 하셨어.

개코원숭이 얼굴의 벙어리 소녀는 모음을
배우지 못했기에 거칠한 음성 지도를 뱅뱅 돌았지.

사   용어해설
아   소음
자   불가능한 단어

변장한 나방들로 변한 마코앵무새들.
하늘은 흐렸고, 바다는 청회색으로

칙칙한 모래를 따라 펼쳐졌어. 나는 바다에 뛰어들어
물길을 가로질러 깃발도 없는 섬으로 헤엄쳤지;

강령론자의 라이노타이프 식자기를 나의 누런
송곳니로 바꾸고는 핏기 없는 천사에게 빽 소릴 질렀지

cradled the bells that dictated time and lucid breath.

맑은 숨과 시간을 지시하던 종을 안고 있던 천사에게.

Ontology of Chang and Eng, the Original Siamese Twins

Chang spoke / Eng paused.

Chang threw a beach ball / Eng caught it.

Chang told a white lie / Eng got caught for the lie.

Chang forgot his first language / Eng picked up English.

In letters, Chang referred to themselves as "I" / Eng as " we."

While proselytizing, the preacher asked Chang, "Do you know where you go after you die?" Chang said, " Yes, yes, up dere." / Thinking they didn't understand, he asked, "Do you know where I go after I die?" Eng said, "Yes, yes, down dere."

Chang married Adelaine / Eng married her sister Sally.

Chang made love to his wife / Eng daydreamed about money, his Siam childhood and roast beef. He tried not to get aroused.

창과 잉의 존재론, 오리지널 샴쌍둥이*

창이 말했다 / 잉은 잠시 멈췄다.

창이 비치볼을 던졌다 / 잉이 그걸 잡았다.

창이 선의의 거짓말을 했다 / 잉이 거짓말을 하다 들켰다.

창이 모국어를 잊어버렸다 / 잉이 영어를 배웠다.

편지에서, 창은 자기네들을 "나"라고 불렀다 / 잉은 "우리"라고
불렀다.

전도 중에, 전도사가 창에게 물었다. "죽으면 당신, 어디로 가는지
아십니까?" 창이 말했다. "네, 네, 저 위쪽으로요." / 그들이 이해하지
못한 줄 알고 전도사가 물었다. "제가 죽으면 어디로 가는지 아십니까?"
잉이 말했다. "네, 네, 저 아래쪽으로요."

창이 아델라인과 결혼했다 / 잉이 아델라인의 동생 샐리와 결혼했다.

창이 아내와 사랑을 나눴다 / 잉은 몽상에 빠졌다, 돈을 생각하면서,
시암에서의 어린 시절, 소고기 구이를 생각하며. 흥분 안 하려 애썼다.

---

* 창과 잉 벙커 형제는 1811년 옛 태국 '시암'(Siam)에서 태어난 결합 쌍둥이로, 흥행사에
   의해 1829년 미국으로 건너와 오래도록 순회공연을 다녔다. '샴쌍둥이'라는 명칭이
   이들로부터 유래되었다.

19

Chang checked his watch, scratched his head and fidgeted /
Eng made love to his wife.

Chang became drunk, knocked Eng out with a whiskey bottle
and went carousing with his boys / Eng was unconscious.

Chang proved Einstein's time dilation while drunkenly running
from one bar to the next / Eng was unconscious.

Chang apologized / Eng grudgingly accepted.

Chang paused / Eng spoke / Chang interrupted.

"I am my own man!" / Eng echoed, "We are men yes."

*

Both broke their bondage with their pitchman, Mr. Coffin.

Both owned land in North Carolina and forty slaves.

창이 시계를 확인하고선, 머리를 긁적이고 꼼지락거렸다 /
잉이 아내와 사랑을 나눴다.

창이 술에 취해 위스키 병으로 잉을 쓰러뜨리고
아들들과 흥청망청 술 마시러 갔다 / 잉은 의식이 없었다.

창은 술에 취해 이 술집 저 술집 쏘다니며 아인슈타인의 시간 지연을
증명해 보였다 / 잉은 의식이 없었다.

창이 사과했다 / 잉이 마지못해 받아줬다.

창이 잠시 멈췄다 / 잉이 말했다 / 창이 말을 끊었다.

"나는 내가 알아서 하는 남자야!" / 잉이 따라 외쳤다, "그래, 우린
남자야."

★

두 사람 모두 거래하던 흥행사 코핀 씨와 관계를 끊었다.

두 사람 다 노스캐롤라이나에 땅이 있었고 40명의 노예가 있었다.

Both were nostalgic for Siam: childhood of preserving
duck eggs, watching tiger and elephant fights with the King,
Mother Nok who loved them equally.

The physicians were surprised to find both were "personable."

Both did not appreciate the outhouse joke.
"Are all Orientals joined?" "Allow me to stick this very sharp pin
in Eng's neck to see if both of you feel the pain." "Is it true that
you turn babies into cabbages?" "We are nice, civilized people.
We offer you bananas."

Both were sick of fascination.

Both woke up, played checkers, sired children, owned whips
for their slaves, shot game, ate pie. Both wore French black silk,
smoked cigars, flirted. Both believed in the tenets of individualism.
Both listed these activities to the jury and cried, "See, we are
American!"

Both were released with a $500 fine for assaulting another head hunter.

Both were very self-aware.

두 사람 모두 시암에 대해 향수가 있었다: 오리 알을
간직하고, 왕과 함께 호랑이와 코끼리 싸움을 구경하고,
어머니는 두 아들을 똑같이 사랑하던 어린 시절.

의사들은 두 사람 다 "점잖다"는 사실에 놀랐다.

둘 다 싸구려 농담을 좋아하지 않았다.
"동양인들은 다 붙어 있어요?" "이 날카로운 핀을 잉의 목에 붙여서
두 사람 모두 고통을 느끼는지 좀 보겠습니다." "당신네들은 아기들을
양배추로 변신시킨다는데 진짜예요?" "우리는 착하고 교양 있는
사람들이에요. 우린 당신들한테 바나나를 주잖아요."

둘 다 매혹에는 넌더리가 났다.

둘 다 일어나서 체커 게임을 하고, 아이들 애비가 되고, 노예에게
휘두를 채찍이 있었고, 게임을 하고, 파이를 먹었다. 둘 다 프랑스산
검정 실크를 입고, 시가 담배를 피우고, 끼를 부렸다. 둘 다 개인주의
교리를 곧게 믿었다. 둘 다 배심원단에 이런 활동을 나열하며 호소했다.
"보세요, 우린 미국 사람이라구요!"

둘 다 또 헤드 헌터를 폭행한 혐의로 벌금 500달러를 내고 풀려났다.

둘 다 자기 자신을 잘 알고 있었다.

Both insisted on an iron casket so that grave robbers would not dig up their bodies and sell them to the highest bidder.

Both did not converse with one another except towards the end:

"My lips are turning blue, Eng." / Eng did not answer.

"They want our bodies, Eng." / Eng did not answer.

"Eng, Eng! My lips are turning blue." / Eng turned to his body and did not answer.

둘 다 철제로 된 관을 고집했다, 도굴꾼들이 자기들 시신을 파내어 최고가에 팔지 못하도록 말이다.

둘 다 서로 본 척도 않다가 죽기 직전에야 입을 열었다:

"잉, 내 입술이 파래지고 있어." / 잉은 대답하지 않았다.

"잉, 그들이 우리 몸을 원하고 있다고." / 잉은 대답하지 않았다.

"잉, 잉! 내 입술이 파래지고 있다니까." / 잉은 몸을 돌리고 대답하지 않았다.

Rite of Passage

Childhood was spent in an open dressing room where
white women pulled chenille over their breasts and

I felt oddly collaged: elbow to nose, shin to eye,
neck to breast, brow to toe

When I flirted, marbles slivered out of my mouth
like amphibious eggs.

Hey saekshi, the American GIs cried to the Korean
barmaids, pronouncing s*aekshi 'sexy'*

though *saekshi* meant *respectable woman*,
a woman eligible for marriage.

The arterial clouds shouldered a glassy reservoir.
Divers made thin sleeves in the water,

Fog rolled over the dry shrub mountains
like air conditioning.

She's back, the saleslady whispered to her assistant,
when Mother came to try on a blouse.

통과의례

어린 시절은 개방된 탈의실에서 보냈다 거기서 백인
여자들은 셔닐 스웨터를 가슴 위로 끌어올렸고

나는 이상한 짬뽕이 된 것 같았다: 팔꿈치에서 코,
정강이에서 눈, 목에서 가슴, 머리부터 발끝까지

내가 끼를 부릴 때면, 입에서 구슬이
개구리 알처럼 튀어나오듯 했다.

이봐 색시, 미군들은 **색시**를 **섹시(sexy)**로 발음하면서
한국인 술집종업원들을 큰 소리로 부르곤 했다

실은 **색시**는 **점잖은 여자**,
결혼할 자격이 있는 여자를 뜻하는데.

층층 구름이 유리 같은 호수를 감싸고 있었다.
다이버들은 물속에서 소매가 착 달라붙었다,

안개가 마치 에어컨처럼
마른 관목의 산들을 휘감았다.

어머니가 블라우스를 입어보러 오자,
저 여자 또 왔어, 판매원이 조수한테 속삭였다.

A rain of Rapunzels fell from their towers,
bodies first, hair trailing like streamers.

My first kiss was with a twenty-year-old man
who whispered *your hands are shaking*.

When thoughts of disgrace invaded the mind,
I hummed or sang to drown out the noise.

A stutter inflated and reddened the face:
eyes bulged and lips gaped to form,

a fortune cookie cracked and a tongue rolled out.
Wagged the Morse code but no one knew it.

Antidepressants lined up like clever pilgrims.
I felt quiet that night.

Fragments of freaks: the Hottentot's ass,
the Siamese twins' toupee, the indecisive chink

who said, I do. Later, no forget it, I do not.

라푼젤들이 비처럼 우두두 탑에서 떨어져 내렸다,
몸들이 먼저, 그리고 머리카락이 리본처럼 뒤를 이었다.

내 첫 키스는 스무 살 남자와 했는데,
너 손이 달달 떨리는구나, 속삭였던 사람이다.

수치심에 대한 생각이 마음을 침범하면,
이 소음을 잠재우려고 나는 흥얼거리거나 노랠 불렀다.

말을 더듬으면 얼굴이 붉게 부풀어 올랐고:
눈은 튀어나오고, 입술이 벌어져서,

포춘 쿠키가 부서지고 혀가 튀어나왔다.
모스 부호처럼 떨었지만 아무도 눈치채지 못했다.

항우울제가 명석한 순례자인 듯 줄을 섰고,
그날 밤 나는 정말로 조용해졌다.

괴물들의 파편들: 호텐토트의 엉덩이,
샴쌍둥이의 가발, 우유부단한 중국놈

내가 해, 말한 놈. 나중엔, 아니, 잊어버려, 난 안 해.

Helix

It was a spring when geneticists stole milk bottles
from the stoops of brownstones owned
by art docents who waved their arthritic fists when they saw
those lab-coated Robin Hoods scamper off with their precious dairy.
The bottles were used to house mutant fruit flies,
those beloved atoms of behavior.
It was a spring of many mutations—
I was sent outside the classroom for lack of behavior,
sent back in for good behavior, and sent back out again.
On the way in, I met half a Siamese twin who asked, "And who?"
On the way out, I met the other half who replied, "are you?"
"Lactose intolerant," I said and we all bonded ionically
like salt. Many-limbed children played in the park,
tulips were double jointed. What was my fate?
A Harvard graduate investment banker whose parents
owned a glassed-in liquor store in the Bronx
gave me a palm reading: "Will your own future the way
I willed mine," he said, "That will be $10."
We then haggled about the price, as if we
were in a swap meet and he was selling me a cheap
brand name shirt that smelled of rayon and
faintly, just oh so faintly, of fish.

나선형

때는 봄이었다 유전학자들이 박물관 도슨트들이 소유한
브라운스톤의 계단에서 우유병을 훔쳤을 때는.
도슨트들은 자기네 귀중한 유제품을 갖고 튀는 실험복 입은
로빈후드에게 관절염에 걸린 주먹을 휘둘렀다.
그 유리병들은 돌연변이 과일 파리들, 사랑스러운
행위의 원자들을 키우는 데 사용되었다.
때는 돌연변이가 많이 일어나던 봄이었다—
나는 품행 불량을 이유로 반에서 쫓겨났다가,
방정한 행동으로 다시 들어갔다가, 다시 쫓겨났다.
들어가는 길에 내가 만난 샴쌍둥이 한쪽이 묻기를, "또 누구?"
나가는 길에 만난 다른 반쪽은 "십니까?"라고 물었다.
"유당 불내증"이라고 대답하자 우린 소금처럼 이온결합으로
몽땅 뭉쳤다. 팔다리가 여럿인 아이들이 공원에서 놀았고,
튤립은 두 번 접혀 있었다. 내 운명이 어떤 거였더라?
브롱스에서 번지르르한 주류점을 운영하는 부모를 둔
하버드 출신의 투자 은행가가 내 손금을
봐주었다: "내가 내 운명을 개척한 것처럼
당신 미래도 그럴까" 이렇게 말하곤, "10달러야" 했다.
그런 다음 우리는 가격 흥정을 했다, 마치 우리가
중고 거래를 하는데, 그가 내게 상표 있는 싸구려 셔츠를
팔고 있는 것 같았다, 레이온 냄새가 나는
약간, 아주 약간, 비린내가 나는 그런 셔츠.

Assiduous Rant

Here is a morning when English
is gibberish so *blue* is *blur* or *bliss*;

Mother assembles dolls in the assembly line,
works at a shoe store, then she stops working;

Flowers belie a smooth mitosis in green houses,
the sun is a constant x in the equation of silence;

I draw lopsided gowns and cheer for the giant's death.

When I finally understand English, a classmate cups
her hands around my ear. I am eager for the tender

secret and she screams gibberish in my ear.

'What is this, a Korean parade?' the obese pale man
cries to the ragtag circle of skinned-kneed kids.

I save my words for a cold, indecipherable day.
Think of acidic quips years after the attack.

The source is the gorging mouth, the tale
half-told: the giant was Indian,

바지런한 헛소리

여기 영어가 이상하게 들리는 아침이 있다
그래서 **푸릇**은 **흐릿** 혹은 **희열**이다;

어머니는 조립 라인에서 인형을 조립하고,
신발 가게에서 일하다가, 일을 그만둔다;

꽃들은 온실에서 매끄러운 세포 분열을 숨기고,
태양은 침묵의 방정식에서 항수 x다;

난 한쪽 어깨 파인 드레스를 그리고 그 거인의 죽음을 응원한다.

내가 마침내 영어를 이해하게 되자, 반 아이 하나가 내 귀 주위로
동그랗게 손을 만다. 나는 그 부드러운 비밀을 알고

싶고 그 아이는 내 귀에다 뚱딴지 같은 소리를 지른다.

'이게 뭐야, 한국식 퍼레이드야?' 뚱뚱하고 창백한 남자가
무릎 까진 아이들 어중이떠중이 무리에 대고 외친다.

해석이 불가능한 차가운 날을 위해 나는 말을 아낀다.
공격하고 몇 년 지나서 톡 쏘는 농담들 생각해보라.

그 출처는 탐욕스러운 입이고, 이야기는
반쯤 전해진다: 그 거인은 인도 사람이었고,

The king kidnapped him and had him
macerated for his whale-like bones.

왕이 그를 납치해 그의 몸을 물에 불렸다
고래 같은 뼈들을 싹 발라내려고.

Translating "*Pagaji*"

please fill all appropriate blanks with "pagaji."

Angrily, she turned _____ but said nothing.

In the new country, she wore a Napoleonic jacket
and drank box wine. She was _____ to
box wine and

glycerin _____ but was too embarrassed
to tell anyone.

When she did not reach a certain height, she
looked into hormonal _____ though

they said _____ was perfectly average for
Asian women

She felt a bloated sense of cultural _____
so she took some antacids.

She did not _____, she strode.

In college, her shyness was mistranslated as _____,
so to look the part, she acquired pierces.

"바가지" 번역하기

모든 적절한 빈칸을 "바가지"로 채워주세요.

화를 내며, 그녀는 _____를 돌렸지만 아무 말도 안 했다.

새로운 나라에서 그녀는 나폴레옹 같은 재킷을 입고
대용량 와인을 마셨다. 그녀는 대용량 와인과
글리세린_____에다가

_____했지만 너무 쑥스러워서
누구에게도 말을 안 했다.

그녀가 일정한 키에 도달하지 않자, 그녀는
호르몬의 _____를 검사해봤지만

그들은 _____가 아시아 여성으로선
완전 평균이라고 했다.

그녀는 부풀어 오른 문화적 _____를 느껴
제산제를 좀 먹었다.

그녀는 _____하지 않았다, 그녀는 성큼성큼 걸었다.

대학 다닐 때, 그녀의 수줍음은 _____로 오해받았다,
그런 부분을 고치려고, 그녀는 피어싱을 했다.

Was it her Napoleonic jacket? European men with their
Vittel water bottles and blinding Adidas' hounded
her for directions. She told them to _____ .

She hollered _____ ! and turned the school into guerilla—

_____ with a straight face. Later they found out that

it was stolen from _____ , a dystopic novel.

In the new country, she eventually grew _____
to make up for height.

It became the irrepressible joke. She could affect
any facial _____ . But _____ was more
versatile, because of its daredevil

_____ . She grabbed

coupons for eyelid surgery at _____ .

_____ is a plastic container that can be bought
in rainbow hues at your local Korean grocer.

그녀의 나폴레옹 같은 재킷 때문이었나? 비텔 생수병을 들고
눈부신 아디다스를 신은 유럽 남자들이 길을 물어보며
쫓아왔다. 그녀는 그들에게 _____ 라고 말했다.

그녀는 _____! 고함치곤 학교를 쑥대밭으로 만들었다—

정직한 얼굴로 _____. 나중에 그들은 알게 되었다

그것이 디스토피아 소설, _____ 에서 훔친 거라는 걸.

새로운 나라에서 그녀는 결국 _____ 로 자라서
키를 만회하게 되었다.

그건 막강한 농담이 되었다. 그녀는 그 어떤 얼굴의
_____ 에도 영향을 줄 수 있었다. 하지만 그것의
무모한 _____ 덕분에

더 다재다능해졌다. 그녀는 거머쥐었다

_____ 에서 쌍꺼풀 수술할 수 있는 쿠폰들을.

_____ 는 당신네 동네의 한인 마트에서
색색깔로 살 수 있는 플라스틱 통이다.

_____ is making love with suit intact, zipper down.

She conquered the cul-de-sac through slash and _____ .

In the old country, the old woman wearing a towel over
her head washed scallions in the _____ . She
scratched her head scarf. It was a good day.

_____는 옷은 놔두고 지퍼만 내린 채 사랑을 나누고 있다.

그녀는 상처와 _____로 막다른 길을 정복했다.

옛 나라에서, 머리에 수건을 쓰고 있던
늙은 여자는 _____에서 파를 씻었다. 그녀는
머리에 두른 스카프를 손으로 긁었다. 좋은 날이었다.

Scale

Tigers the size of caviar pounce through fiery
hoops ignited by the flea-sized man.

A girl jerks off in a mouse hole and a serf
naps on a scrap heap of dirty fingernails.

Diasporic curios, glass bells, boxes by Joseph
Cornell, objects of dear privation.

The homunculus escapes from anatomy class,
leaving a trail of detachable organs.

The life-sized airplane is suspended from the ceiling
and underneath, the blind molest the model.

Alone in Europe, I shrank and darted around
chapels and closed glass factories,

And inflated when the Norwegian bartender
offered me free beer, port wine, and his number.

Shapes warped in memory: my cousin's chin
tripled in size, Mother was a giant,

규모

캐비어만 한 호랑이들이 벼룩만 한 인간이
불을 붙인 불타오르는 링을 뛰어 통과한다.

한 여자 아이가 쥐구멍에서 자위를 하고 머슴 하나
더러운 손톱 수북한 쓰레기 더미 위에서 쪽잠을 잔다.

디아스포라의 골동품들, 유리로 된 종들, 조셉
코넬 상자들, 소중한 궁핍의 물건들.

그 난쟁이가 해부학 수업에서 탈출한다,
분리형 장기들을 뒤에 줄줄 흘리며.

실제 크기의 비행기가 천장에 매달려 있고
그 아래에서 시각장애인이 모형을 만지작거린다.

유럽에서 혼자인 나는 작아졌고 이리저리 뛰어다녔다
예배당들과 문을 닫은 유리 공장들을.

그리고 노르웨이인 바텐더가 내게 무료 맥주,
포트 와인, 자기 전화번호를 줬을 때 나는 부풀어 올랐다.

기억 속에서 모양은 왜곡되었다: 사촌의 턱은
세 배로 커졌고, 어머니는 거인이었다,

the pastor was a bigger giant, and
Father was a shadow to Mother's giant.

Later Father became the giant, Mother became
his shadow and we no longer believed in God.

The author's bloodshot eye peered into the window
of a dollhouse and the doll died from fright.

Culture inlaid with lapis lazuli, set in a
Victorian pendant, passed down until auctioned.

In this chapter, Mother lives in a glass box
nestled in satin, Father in a cedar cubbyhole,

Korean characters, like stiff phonetic Legos,
wait to join with one another while

St. Jerome writes with his single eyelash quill
in his painfully exact studio.

목사는 더 큰 거인이었고,
아버지는 어머니의 거인을 따라다니는 그림자였다.

나중에 아버지가 그 거인이 되었고, 어머니가
아버지의 그림자가 되었다. 그리고 우린 더 이상 신을 믿지 않았다.

작가의 충혈된 눈이 인형의 집 창문 속을 들여다보았고
인형은 공포로 그만 죽어버렸다.

라피스 라줄리로 무늬 새긴 문화, 빅토리아풍 목걸이에
박힌 보석, 대대로 전해지다가 경매로 팔렸지.

이 장에서, 어머니는 새틴에 싸인 유리 상자 안에
살고 있고, 아버지는 작은 삼나무 칸막이 안에 계신다,

딱딱한 소리 나는 레고처럼 한글 글자들은
서로 결합하기를 기다리고, 그러는 동안

제롬 성인은 하나 있는 속눈썹 깃털 펜으로
극도로 정밀한 자기 작업실에서 글을 쓴다.

Body Builder

I can no longer blush. Half-face towards the starchy scape.
Birds limn the spindle trees, their Listerine-hued eyes dart
as they trill mechanical dirges tabulating not again, not
again / I can no longer blush. The flat arctic sky
boundlessly jogs to another hemisphere / She grows!
Or her pectoral grows or all her pectorals grow / A drop of body
oil the size of a water balloon splooshes down on a man as a graceless
anointing, atomizing into tears / How delicate the sounds are from
her height! Glottal roses wink out of their throats: their voices
tine / Now I am blushing / Swamp moss draped over the arcades / *Oh
she'll topple. She's making for the welkin* / swamps massage
the plywood foundations of our houses / And speaking of / she shoots
up not like a beanstalk but a city erected quick-time / and speaking
of, I blush blood / Roiling up past 200 ft, dizzy from all that
phosphagen / *I
be damned where she gits all that nylon, the size of wedding tents!* / She
flexes for her audience / Naugahide. Fuel injection. A sawed-off
shotgun will do you nothing just the rat-a-tat-tat / Rabelaisian
bullhonkies hunker and tinker tents around her / Roiling,
flexing / *are louts without a law to bless them* / a shadow
overcast / a footstep is a swamp in which gators pop up like whack-
a-mole carnival games / what are they saying? do they marvel?/ *I am
hemorrhaging flames!* / she aims with her thumb.

보디빌더

더는 낯을 붉히지 않는다. 그 뻣뻣한 줄기 쪽으로 바마 얼굴 돌린다.
새들은 사철나무를 그리고 있다, 다신 안 돼, 다신 안 돼 규칙적으로
반복하며 기계적인 애가를 지저귈 때 청록색 새의 눈은 **빠르게**
깜박인다 / 나는 더는 낯을 붉히지 않는다. 평평한 북극의 하늘은
또 다른 반구를 향해 끝도 없이 달린다 / 그녀는 자란다!
아니 가슴 근육이 아니 모든 가슴 근육이 자란다 / 바디 오일 한 방울
물풍선 만하게 남자 위로 떨어진다 품위 없는 성유처럼,
튀어 내려 눈물로 쪼개진다 / 그 소리들 얼마나 섬세한지
그 높이에서! 성문음의 장미들이 목구멍에서 깜박이고: 목소리들
뾰족해 / 이제 나 얼굴이 발그레지고 / 이끼가 아케이드를 덮고 있다 / **오**
그 여자는 넘어질 거야. 그 여자는 천국으로 가는 중이다 / 늪은 우리 집
합판 바닥을 주무르고 / 이를테면 / 그녀는 **빠르게** 자란다
콩나물 줄기처럼 말고 **빠르게** 세워진 도시처럼 / 그리고 이를테면,
나는 핏빛으로 붉어진다 / 200피트 지나 요동친다, 어지러워, 그 모든
포스파젠 / 어휴
그녀가 그 나일론 다 어디서 갖고 오는지, 결혼식 텐트만 해! / 그녀는
관객을 위해 몸을 푼다 / 인조 가죽. 연료 주유. 자그마한
엽총은 네게 그 두두두두 말고는 아무것도 못 할 거야. / 라블레풍의
허풍쟁이들이 그녀 주위에 텐트를 치고 뒤엉킨다 / 들썩들썩,
몸을 풀며 **지켜줄 법도 없이 막돼먹은 놈들 아닌가** / 그림자 하나
드리우고 / 발자국은 축제의 두더지 잡기 게임처럼 악어가 튀어나오는
늪이다 / 그들은 무슨 말을 하고 있는가? 경탄하는가? / **나는**
불길을 토해내고 있다! / 그녀는 엄지로 조준을 한다.

Melanin

Here is the world; I lost the world or so I thought;

Here is the wind, the weather of winds,
poplar trees beating air, pages lifted and scattered,

lesions growing to consonants, and a woman
with iguanas wreathed around her hair;

She followed fair Confession home
and copied her, without leaving smudges.

Here is the wind, the weather of wind,
wind chimes colliding in a minor haunted key,

a lone shawl cartwheeling, tattered, contagious;
a Vietnamese pieta, Madonna with eyes like asterisks

and a smudgy mouth; a flenser with rubber boots
who skinned a whale, a goat, an angel.

Here is a coiffured sham who leaned forward
in the wind and moaned.

멜라닌

여기 그 세계가 있다; 나는 그 세계를 잃었다 혹은 그렇게 생각했다.

여기 바람이 있다, 바람의 날씨,
공기를 두드리는 포플러 나무, 페이지들 바람에 들려 흩어지고,

상처들은 자음으로 자라고, 어떤 여인은
머리에다 이구아나를 둘둘 감고 있었다;

그녀는 정숙한 회개의 집으로 따라 들어갔고,
어떠한 얼룩도 남기지 않고 자신을 돌아보았다.

여기 바람이 있다, 바람의 날씨,
바람이 겁에 질린 마이너 음조에 부딪히며 울린다.

나달나달한 전염성 있는 외톨이 솔이 공중에서 회전하고;
베트남 피에타,* 별표 같은 눈을 가진 마돈나

그리고 얼룩진 입; 고무 부츠를 신은 해부(解剖)사가
고래, 염소, 천사의 피부를 벗겼다.

여기 한껏 치장한 짜가가 있어 바람 속에서
앞으로 몸을 기대고 신음한다.

---

*   베트남전에서 한국군에 희생된 여성과 아이들을 기리는 조각상. 이 조각상의
    베트남어 이름은 '마지막 자장가'이다.

49

Here is the world; I lost the world or so I thought;
I toweled my face,

expecting it to flake off like dirt worms
to reveal a bright white skull. I loved her

with a flawed body and in the morning hologram
my shameful tears slid down her thighs

Here is the wind that uprooted the lands,
tar pits overflowed, smeared the debutante hairs.

Wind cut away at sandstone cliffs to carve
a boxing ring and then the wind paused,

Pale crustaceous men skittered down to see
the fight and were surprised to see the lone

pugilist, a dark-skinned woman who spat
and sparred, who keeled forward,

kissed canvas with her teeth,
and rose again.

여기 세계가 있다; 나는 그 세계를 잃었다 혹은 그렇게 생각했다;
나는 내 얼굴을 수건으로 닦았다,

그게 흙 벌레들처럼 떨어져 나가기를 눈부시게
새하얀 해골을 드러내기를 바라면서. 나는 그녀를 사랑했다

흠 있는 몸의 그녀를 그래서 아침 홀로그램 속에서
내 부끄러운 눈물이 그녀 허벅지에 흘러내렸다

여기 땅을 뿌리째 뽑아 올린 바람이 있다,
타르 구덩이가 넘쳐 흘렀고, 처음으로 멋을 낸 머리를 더럽혔다.

바람은 모래 암석 절벽을 깎아내어 복싱 경기장을
조각하고는 잠시 멈추었고,

창백한 갑각류의 남자들은 그 싸움을 보려고
미끄러져 내려갔다, 그리고 외로운 권투 선수를

보고 놀랐다, 까만 피부의 여인은 침을 뱉고
스파링을 하다가, 그만 앞으로 꼬꾸라져,

경기장 바닥에 이로 입을 맞추었다,
그리고 다시 일어섰다.

Assimilation of Sitting

I.

in this house, there are only shallow tables,

littered with glasses, liquor the color of chrome, industry,
or it's more volatile than that:

the way alcohol flickers with the blue glare of television,
dissolving it to a spent image:

lanterns floating, bulbs harvesting a hesitant path
through water, creeks, rivers,

where soiled laundry and occasional deaths
have found their plangent plots,

And then the disruption of a hand or hands—

each glass emptied, refilled, emptied again,
paltry or fat lips swilling, masculine lips,

the last scatterings of anju, appetizers,
the shavings of cuttlefish—

앉기에 동화되기

I.

이 집에는, 오직 낮은 테이블들만 있다,

유리잔들 어수선하다, 크롬 색깔, 공업용,
혹은 그것보다 더 휘발성인 술:

술이 텔레비전 푸른빛과 찰랑이다가,
다 써버린 이미지로 분해되는 식이다:

손전등 떠다니고, 전구가 물, 개울, 강으로 통하는
주저하는 길을 거두어들인다,

그곳에선 때 묻은 세탁물과 가끔 발생하는 죽음이
그들의 구슬픈 이야기를 찾아내고,

그런 다음 손 혹은 손들의 붕괴—

각각의 잔은 비워지고, 채워지고, 또 비워지고,
폭음하는 창백한 또는 두툼한 입술들, 남자다운 입술들,

마지막으로 흩어지는 것들, 안주, 에피타이저,
진미채 부스러기들—

these are the men in the narrative,
the few women who interrupt—

sitting around the floors, mulberry or linoleum,
the positioning of mats after labor,

being privy to other rumors, other lives,
throne, mat, the courier that exacts a proper name.

이들은 모두 이야기 속 남자들,
방해하는 여자는 거의 없다—

뽕나무 혹은 장판 바닥에 둘러앉아,
일이 끝난 후에 방석에 자리를 잡고는,

다른 소문들, 다른 인생들을 은밀하게 캐낸다.
고유명사를 요구하는 왕좌, 깔개, 택배원을.

II.

claim the putti, the secondhand Fragonard,
to make respect is to frame the house,

wood gold, threadless brocade, a Steinway—
the mimicry of motorized sonatas,

property is still shrink-wrapped,
the gilded age has the scent of sesame,

the goosed-up seats are unweathered,
we prefer to squat,

squat to pickle vegetables, squat to fry sesame

living room as altar, couch excised,
post seamstress, post factory, post facto.

II.

중고 프라고나르 향수, 푸토들이 주장하길,*
경의를 표하는 것은 집을 짓는 일이다,

반질한 금빛 나무결, 실땀 없는 양단, 스테인웨이 피아노—
엔진 달린 소나타곡들 따라 하기,

자산은 여전히 쪼그라들게 포장되고,
도금 시절은 참깨 향을 풍기고,

한껏 꾸민 의자들은 닳은 흔적이 없어서,
우리는 쪼그려 앉는 게 더 편하다,

쪼그려 앉아 피클 담그고, 쪼그려 앉아 참깨 볶는다

거실은 제단이고, 요를 걷어내고,
탈 재봉사, 탈 공장, 탈 진실.

<hr>

* 프라고나르는 18세기 프랑스의 화가의 이름이자, 프랑스에서 가장 오래된 향수
   제조장, 향수 브랜드를 일컫는다. 푸토는 르네상스 시대에 많이 만든 큐피드 등
   발가벗은 어린이의 상을 말한다.

III.

though the drill caught his shin,
father developed metal catarrh,

and turned his children to letterings,
quarantined—

canter, the western saddle, the plywood chair,
neck pulleyed upwards,

mouth wringing dictation, ironically
it was a Filipino teacher who would

not let us out until our spine
was a suspended fishing wire.

I used those same chairs
to straddle a learned man and later

a learned woman, both their feet
pointed downwards

like Cinderella when the shoe fit.

III.

드릴이 아버지의 정강이를 잡았지만,
아버지는 카타르성 비염이 심해졌고,

아이들은 글자 쓰기를 하면서,
격리되었다―

승마, 서부식 안장, 베니어판 의자,
목은 꼿꼿이 끌어올리고,

입은 받아쓰기를 짜내고, 아이러니하게도
우리 척추가 축 처져 매달린 낚싯줄이

될 때까지 우리를 밖에 못 나가게 하는 이는
바로 필리핀 출신 선생님이었다.

나도 그런 의자들을 사용했다
배운 남자와 그 다음엔 배운 여자에게

걸터앉았는데, 둘 다 발이
아래를 가리키고 있었다

구두가 발에 딱 맞는 신데렐라처럼.

IV.

Our illuminated manuscript is the kneel,
the mat no longer secular

but bridal white, distilled by maxims,
the obsessive dustings by my mother—

The mats are specialized,

I have seen people kneel on that cold-cut
cushioning, rubbing their oak beads,

I have seen it stacked like the winner's side
in checkers, or piles of unopened envelopes,

I have stood and looked up at these
once functional mats behind glass,

shoplifted by anthropologists,

but sitting on them, I am aware of
my spine, my tailbone,

IV.

우리의 빛나는 원고는 무릎 꿇기,
더 이상 속되지 않은 그 방석

하지만 면사포처럼 희다, 격언들로 응축되어
내 어머니 그악스러운 먼지털이로—

방석들은 특화된다,

그 동글 납작 폭신한 방석 위에서 무릎 꿇고
참나무 묵주를 문지르는 사람들을 봤다,

그게 체커 게임의 승자 쪽에 있는 것처럼 쌓여 있는 걸
열지 않은 편지 더미처럼 쌓여 있는 걸 나는 봤다,

나는 서서 이것들을 쳐다보았다
유리 뒤 방석들, 한때는 쓰던 것들,

인류학자들이 약탈한 것들,

그러나 그 위에 앉아 있으면, 나는
내 척추와 꼬리뼈를 느낀다,

I would rather sit on the ground,
it is safer, less slippery

or give it to an ancestor who needs a rest—

she is out of breath
from spanning our labor of crossing.

차라리 땅에 앉는 게 낫겠다,
그게 더 안전하니까, 미끄럽지도 않고

또는 휴식이 필요한 조상에게 주고 싶어—

그녀는 숨이 차다
횡단하는 우리의 고투를 지탱하느라고.

II.

The Shameful Show of Tono Maria

Exhibit a: The girl and/or a girl.

Exhibit b: Drenching heat from a bleak sun.
A black gold-flecked body beneath a gown thin
as a Flemish veil.

Exhibit c: My mouth opened and closed
like a guppy. Verbs were lost, ellipses
trailed off like dregs.

Exhibit d: In 1810, an American audience
wiped their sweating napes and waited
with vinegary desire.

Exhibit e: Still mute, I was sent to Special Ed
with autistics, paraplegics, and a boy
who only ate dirt.

Exhibit f: Before her show: a man who was
only a torso and head. Propped on a pedestal,
he would smoke a cigarette between the barker's
two fingers.

토노 마리아*의 수치스러운 쇼

전시 a: 그 소녀 그리고/또는 한 소녀.

전시 b: 암울한 태양 아래 쏟아지는 열기.
가느다란 플랑드르 베일처럼 얇은 가운 아래
금빛 점점이 박힌 검은 몸.

전시 c: 내 입은 구피처럼 열렸다가
닫혔다. 동사들은 잃어버렸고, 생략부호들이
찌꺼기처럼 흘러내렸다.

전시 d: 1810년, 어떤 미국인 관객은 땀이 흐르는
목덜미를 닦으며 시큼한 욕망과 함께
기다렸다.

전시 e: 여전히 말을 못해서, 나는 특수 교육 받는 곳에
보내졌다, 자폐증 환자들, 마비 환자들, 그리고
흙만 먹는 소년과 함께.

전시 f: 그녀의 쇼가 시작되기 전: 몸통과
머리만 있는 한 남자. 받침대 위에 놓여져,
그는 바람잡이의 두 손가락 사이에
담배를 끼우고 피우곤 했다.

---

*　　브라질 소수민족 여성으로, 19세기에 런던 프릭 쇼 무대에 올려졌다. 그녀의 몸에
　　100여 개의 흉터가 있었다고 전해진다.

Exhibit g: She was from an Indian tribe
in Brazil. She liked whiskey, puzzles, and
generous men. She used lanolin on her burn scars.

Exhibit h: Later in college, I drank bourbon,
slurred out swears. I was suspicious that some
man I slept with was an Asiaphile.

Exhibit i: The barker stressed the number
of her scars and called her a *savage Mary Magdalene.*

Exhibit j: I pinched my throat's skin to remember
last night's act. Guilt as throat as torso.

Exhibit k: She peeled off her gown and bared her body
graphed with 134 scars. One scar for each time
she committed adultery, punished by her own tribe.

Exhibit l: the girl and/or a girl as the hyperbolic secret.

Exhibit m: A man asked *how much for your hide?*
Standing on the platform, she shoved his face
away with her nude foot.

전시 g: 그녀는 브라질 인디언 부족 출신이었다.
그녀는 위스키, 퍼즐, 그리고 후한 남자들을
좋아했다. 화상 흉터에는 라놀린 오일을 사용했다.

전시 h: 나중에 대학에 가서, 나는 버번을 마셨고,
욕을 흘리고 다녔다. 나와 잤던 남자가
아시아 여자만 좋아하는 남자가 아닌가 의심했다.

전시 i: 바람잡이는 그녀의 흉터가 몇 개인지를 강조하며
그녀를 **미개인 마리아 막달레나**라고 불렀다.

전시 j: 어젯밤의 행동을 기억하려고 나는 목구멍 살갗을
꼬집었다. 목구멍 같은, 몸통 같은 죄책감.

전시 k: 그녀는 가운을 벗고 134개의 흉터가
새겨진 몸을 드러냈다. 간통으로 자기 부족에게
처벌받을 때마다 한 번에 하나씩 흉터가 생겼다.

전시 l: 그 소녀 그리고/또는 한 소녀가 과장된 비밀처럼.

전시 m: 한 남자가 물었다. **네 가죽 가격은 얼마지?**
전시대 위에 서서, 그녀는 그의 얼굴을
맨발로 밀쳐버렸다.

Exhibit n: the girl and/or a girl brings her palms
together, mimes repentance.

Exhibit o: As they gawked at the 134 scars
of her insatiable lust, she closed her eyes and counted
until the numbers dissolved into her homeland:
the ocean with its black coral reef, a lover
she preferred, the burns she never grew numb to.

Exhibit p: She opened her eyes and smiled.
She plucked favors from each gaping mouth.

전시 n: 그 소녀 그리고/또는 한 소녀가 손바닥을 맞대며
회개하는 흉내를 낸다.

전시 o: 만족을 모르는 그녀의 욕망이 만든 134개의 흉터를
그들이 얼빠진 듯 구경할 때, 그녀는 눈을 감고
그 숫자들이 그녀의 고향으로 녹아내리길 기다렸다:
검은 산호초가 있는 바다, 그녀가 더 좋아했던 연인,
절대로 무뎌지지 않는 덴 자국들.

전시 p: 그녀는 눈을 떴고 미소를 지었다.
각각의 벌어진 입에서 그녀는 호의를 하나씩 따냈다.

During Bath

I am an old man in my fantasies, a darting pupil, a curious ghost.

Two catacombic bodies: legs, arms, salamander
tongues, their skin is fair.

Sometimes they are in a field colored by autumn,
a garden knitted by cabbage, stakes of fat tomatoes.

Sun that marks their leonine shapes—
the scent of cunt and lemon verbena.

Now it is just me in a large room with all the dolls
I used to own, stacked like bags of flour.

Or in the bath, taking the shape of Marat.
Arm slung over the ledge edge like iced fish,

water that is less warm, a sideshow shadow,
my own darker skin.

The tongue to mid-palate. Coiled to the back of your teeth,
tighten your throat muscle. Utter a low pitch, exhale.

목욕하는 동안

환상 속에서 난 늙은 남자, 재빠른 학생, 호기심 많은 유령.

지하 묘지 같은 두 몸: 다리, 팔, 도롱뇽의 혀들,
그들의 피부는 하얗다.

가끔 그들은 가을 색으로 물든 들판에 있다,
통통한 토마토 달린 말뚝들, 양배추 촘촘한 정원에 있다.

사자 같은 형상을 드러내는 태양—
레몬 버베나와 보지 향기.

이제는 나만 커다란 방에 혼자 있다 내가 갖고 놀던
인형들이 밀가루 봉지처럼 수북 쌓여 있는 방에.

아니면 목욕 중에, 마라의 모습을 하고선.*
얼어버린 물고기처럼 가장자리 가녘에 걸친 팔,

덜 따뜻한 물, 사이드쇼의 그림자,
더 거무스름한 나 자신의 피부.

혀를 입천장 가운데로. 이 뒤로 감아 올리고,
목 근육을 조여보세요. 낮은 톤으로 말하고, 숨을 내쉬세요.

---

* 프랑스 정치가이자 저널리스트 장 폴 마라(Jean Paul Marat, 1743-93). 프랑스 대혁명의
지도자로 목욕을 하다가 칼에 맞아 죽었다.

There is no room to exhale.

My parents did not moan or even breathe for fear
of waking their children.

Palpitation, cyst, polyp: skin licked,
tongue pioneers along topographic pulp.

Why is it only words that I think of?
It is not my hand that touches his face, but a hand,

the mark on his face does not last a second
though I want it to singe.

To first write the words:
undressed, blueprint, revolver.

Return to the bath: the loaves of my breasts, navel,
blood rush. I am not anemic. Repeat

rose, fuck, paean: to first write the words.

숨을 내쉴 여유가 없다.

부모님은 끙 소리도 않으셨다 애들을 깨울까 봐
숨도 쉬지 않으셨다.

빈맥, 낭종, 폴립: 피부를 핥으며
혀는 걸쭉한 표면을 죽 따라가며 탐색한다.

왜 나는 단어들만 생각하는가?
그의 얼굴을 만지는 것은 내 손이 아니라, 어떤 손이다,

그이 얼굴의 자국은 단 일 초도 지속되지 않지만
나는 그것이 그을리기를 원한다.

먼저 단어들을 쓰기 위해:
옷을 벗은, 청사진, 리볼버.

욕조로 돌아가라: 부풀어 오른 내 젖가슴, 배꼽,
피가 빠르게 돌고. 빈혈이 아니야. 반복하라

장미, 씹, 찬가: 먼저 단어들을 쓰기 위해.

All the Aphrodisiacs

blowfish arranged on a saucer. Russian roulette. angelic slivers.

ginseng. cut antlers allotted in bags dogs on a spit, a Dutch girl

winking holds a bowl of shellfish.

white cloth, drunkenness. a different language leaks out—
the idea of throat, an orifice, a cord—

you say it turns you on when I speak Korean.

The gold paste of afterbirth, no red—

Household phrases   — *pae-go-p'a* (I am hungry)
                          — *ch'i-wa* (Clean up)
                          — *kae sekki* (Son of a dog)

I breathe those words in your ear, which make you climax;

afterwards you ask me for their translations. I tell you it's a secret.

gijek niin tigit rril—the recitation of the alphabet; guttural diphthong,
gorgeous.

그 모든 최음제

접시 위에 가지런히 놓인 복어. 러시안 룰렛. 천사의 파편들.

인삼. 잘린 뿌리가 든 가방들 꼬챙이에 꿴 개들, 한 네덜란드 소녀가

윙크하며 조개가 든 그릇을 들고 있다.

하얀 천, 취함. 다른 언어가 새어 나온다—
목구멍, 구멍, 줄에 대한 생각—

당신은 내가 한국어를 할 때 흥분한다고 말한다.

태(胎)에서 나오는 노란 반죽, 빨갛지 않다—

집에서 하는 말들　　— 배고파 (I am hungry)
　　　　　　　　　　— 치워 (Clean up)
　　　　　　　　　　— 개 새끼 (Son of a dog)

그 말들을 당신 귀에 속삭이면, 당신은 절정에 이른다;

그 후 당신은 그를 번역해 달라 하지만 나는 비밀이라고 말한다.

기역 니은 티귿 리을—자모를 소리내어 말하기; 목구멍에서 나는
이중모음, 멋지다.

What are the objects that turn me on: words—

han-gul: the language first used by female entertainers, poets,
prostitutes.

The sight of shoes around telephone wires, pulleyed by their laces, the
    blunt word cock.

Little pink tutus in FAO Schwarz,
when I was four they used to dress me as a boy,

white noise, whitewashed. the whir of ventilation in the library.

Even quarantined amongst books, I tried to kiss you once.

Strips of white cotton, the color of the commoner, the color of virtue,
the color that can be sullied—

my hand pressed against your diaphragm, corralling your pitch,

a pinch of rain caught between mouths,

analgesic, tea. poachers drawing blood—

나를 흥분시키는 대상은 무엇인가: 단어들—

한글: 처음엔 기생들, 시인들, 창녀들이 사용한 언어.

그 장면, 전화선 주변으로 신발들, 끈으로 당기고, 그
　　무딘 단어 자지.

에프에이오 슈워츠에서 본 작은 분홍색 튀튀,*
내가 네 살 때 부모님은 나를 남자애처럼 입히곤 했다,

하얀 소음, 하얗게 칠해진. 도서관에서는 환풍기 돌아가는 소리.

책 속에 갇혀 있어도, 언젠가 나 당신에게 키스하려 했지.

하얀 면 기다란 조각들, 백성들, 서민의 색깔, 덕망의 색깔,
더럽혀질 수 있는 색—

내 손이 당신의 횡격막을 누르고, 당신을 절정으로 몰아넣고,

입과 입 사이에는 빗방울 한 줌,

진통제, 차. 밀렵꾼들이 피를 뽑아내고—

---

* 　 에프에이오 슈워츠는 완구점, 튀튀는 발레할 때 입는 치마를 말한다.

strips of white cotton I use to bind your wrist to post, tight
enough to swell vein, allow sweat—

sweat to sully the white of your sibilant body,

the shrug of my tongue, the shrug of command, *sssshhht*.

당신 손목을 기둥에 묶을 때 쓰는 길고 하얀 천, 꽉
묶어서 정맥이 부풀어 오르게 땀이 나도록—

땀이 당신 헐떡거리는 그 하얀 몸을 더럽히도록,

내 혀가 핥고 있어, 명령하며 핥고 있어, **쉬쉬쉿.**

Not Henry Miller but Mother

Passion is the letter "p." A jeweled pear, another Guernica shattering our souls, a giant liced with Lilliputians. Passion fell flat on its face when a date used too much tongue. Passion ran, shotput into the air past the scoreboard, past the empty lots where children brawled silently, past the manicured lawns of Silicon Valley's royalty and past my sweaty, consumptive grasp. Following the flock, I traveled to Europe and scaled the Catalan steps to view a landscape of stone. It was cold. I left early. Later in Paris, I searched for passion in the vessel of a Frenchman and only found a janitor who cleaned the toilets of Notre Dame and whispered "I have many, many flaws." She was the one who hoarded passion. Mother, who shaved my head when I was three, who dieted on tears and Maalox, who shouted in hyena rage and one minute later cradled my face and whispered a song in my ear, while I watched the clock in front of me, ticking.

헨리 밀러가 아니라 어머니

정열은 'p'라는 글자다. 보석 박힌 배, 우리 영혼을 깨부수는 또 다른 게르니카, 릴리푸트인들로 가득 찬 거인.* 정열은 데이트 상대가 혀를 너무 많이 사용했을 때 납작 고꾸라졌다. 정열은 달리고, 공터를 지나고, 점수판을 넘어 공중으로 포환처럼 던져졌고, 조용히 싸우는 어린이들이 있는 텅 빈 땅들을 지나, 실리콘 밸리 왕족의 잘 정돈된 잔디를 지나, 땀에 젖은 나의 소모적인 손아귀를 지나갔다. 무리를 따라 유럽으로 여행을 가서 카탈루냐의 계단을 오르며 돌로 된 풍경을 바라보았다. 추웠다. 나는 일찍 떠났다. 나중에 파리로 가, 프랑스 사람의 배에서 정열을 찾으려 했지만 노트르담 성당 화장실을 청소하는 관리인만을 찾았고 그는 "나는 많고 많은 결점이 있어"라고 속삭였다. 정열을 저장해둔 이는 바로 그녀였다. 내가 세 살 때 머리를 깎아준 어머니, 눈물과 위장약으로 다이어트를 한 어머니, 하이에나 같은 화로 소리치더니 1분 뒤에 내 얼굴을 고이 잡고 내 귀에 노래를 속삭이던 어머니, 그러는 동안에 나는 내 앞에 있는 시계를, 째깍째깍 시간이 흐르는 걸 바라보았다.

---

*　영국의 풍자 작가이자 의사였던 조너선 스위프트(Jonathan Swift, 1667-1735)가 쓴 풍자 소설 『걸리버 여행기』(Gulliver's Travels)에 나오는 소인국(Liliput)의 사람들로 키가 15센티미터 정도이다.

On Splitting

Wind does not whip, it caresses. Or it whips when a mail order song crescendos in the background. The blowsy sails. The fat, fat sky.

We blow air bubbles. Once they touch the dry outer skin of your lips, they pop: a pocket of unsaid gas.

The taste of body, the drumming on lard. A kind of love that has become autistic.

Mother and Father on the hilt of a sugary cake. An avalanche but a minor one that tastes confectionery. Photographs of Mother the bride. A stiff smile that does not like dairy.

Denote passion.

A Korean wedding. There is a sign for blushing: two perfect red circles pasted on the bride's cheeks. Or it's a sign for passion, good luck, or maybe it's to hide the pallor.

The girl takes the knife, the boy takes it from her, the girl takes the knife, the boy takes it from her, the girl takes the knife, the boy takes it from her, the girl takes the knife, the boy takes it from her.

The stage is set for the woman with the killer whale eyes. She announces, 'there is no love, only longing.'

결별에 대해

바람은 휘몰아치지 않고, 어루만진다. 또는 통신 판매 노래가 절정에 다다를 때 바람은 휘몰아친다. 부풀어 오른 돛들. 너른, 너른 하늘.

우리는 공기 방울을 분다. 공기 방울이 네 입술의 건조한 바깥쪽 피부에 닿으면, 공기 방울은 펑: 말하지 않은 가스 주머니.

몸의 맛, 돼지기름 위 자글자글. 자폐증이 된 그런 사랑.

달달한 케이크 손잡이 위에 어머니와 아버지. 무너져 내린 것 조금이지만 제과점 케이크처럼 맛있다. 신부인 어머니의 사진들. 버터를 안 좋아하는 뻣뻣한 미소.

정열을 보여줘 봐.

한국식 결혼식. 거기엔 부끄러움의 표시가 있다: 신부의 뺨에 붙인 완벽한 빨간 원 두 개. 또는 그것은 정열, 행운의 표시이거나, 아니면 창백함을 숨기기 위한 것일 수도 있다.

소녀가 칼을 들고, 소년이 그 칼을 받는다, 소녀가 칼을 들고, 소년이 그 칼을 받는다, 소녀가 칼을 들고, 소년이 그 칼을 받는다, 소녀가 칼을 들고, 소년이 그 칼을 받는다,

그 무대는 킬러 고래 눈을 가진 여자를 위해 준비되었다. 그녀는 선언한다, '사랑은 없다, 오직 갈망만 있을 뿐'이라고.

My mother said, "If you eat lying down, you'll grow hair on your crotch."

To find passion, I should have written a lyric poem. A poem that would roll off the tongue like icing, curdles curds, whey, icing, a cube of ice.

The first Korean man I liked shared a plate of squid with me. I called him brother because I was much younger than he. Chewing on a flank, he told me he'd slept with five women and fallen in love with one.

I grew a petri dish of princes, all replicating and jostling each other for my hand.

Afterwards, we kissed in the dark enclaves of a stuffy TV room. Our tongues were not sure of each other and our breaths stank of salted squid. It was not what I fantasized.

I am here to lick your shoes, your hairy shins, your eventual cock.

My parents never kissed in public. Except once. An obligation on the cheek before my father left.

어머니는 말씀하셨다, "누워서 먹으면, 사타구니에 털이 날 거야."

정열을 찾으려면, 나는 서정시를 썼어야 했다. 아이싱처럼, 엉긴 응유, 유청, 아이싱, 얼음 조각처럼 혀에 착 감기는 시.

내가 좋아했던 첫 한국 남자는 나랑 같이 오징어 한 접시를 먹었다. 내가 훨씬 어렸기에 난 그를 오빠라 불렀다. 오징어 한 쪽을 씹으며, 그는 말했다, 다섯 명의 여자와 잤고 한 여자와는 사랑에 빠졌다고.

나는 왕자들의 배양용 접시로 자랐고, 그들은 내 손을 잡으려고 서로 밀치면서 경쟁했다.

나중에 우린 답답한 TV 방 어두운 구석에서 키스를 나누었다. 우리 혀는 서로를 확신하지 못했고, 우리의 숨결에서는 짠 오징어 냄새가 났다. 내가 꿈꾸던 게 아니었다.

나는 여기 당신 구두를 핥으러, 털 많은 정강이를, 결국 당신 성기를 핥으러 와 있다.

부모님은 공공장소에서 절대 키스하지 않았다. 딱 한 번만 빼고는. 아버지가 떠나시기 전, 볼에 형식적으로 한 키스였다.

The word most often said during lovemaking: *ttagawu*. This could mean itchy or spicy. The same word used when wearing a wool sweater that irritates, or easing into a tub of scalding water.

I would have preferred a sealed letter, even a terse message taped to the refrigerator. Rather than the talk, the awkwardness of it, the restraint. *A letter daggers her heart* — dagger. The histrionics of dagger.

To restrain.

Adolescent obsessions: Greek mythology, heavy metal rock stars, documentation of freaks (Mexican midget, triplets, albino sword swallowers), iron-on T-shirts, breasts, he who gave you your first bong hit and kiss.

Along the soldered road, he lies motionless. I arrive and crouch down. Kiss his rigor mortis lips and he rises. This is a holy scripture or a movie.

We barely knew each other yet he confessed to me until his face clattered off like a hubcap.

Restraint turns passion into shame. Or worse, martyrs. My mother comes from a country of martyrs, a fetish of martyrs, a crateful of martyrs.

사랑을 나눌 때 가장 자주 하는 말: **따가위**. 이는 가렵다는 뜻일 수도 있고 맵다는 뜻일 수도 있다. 이는 울 스웨터를 입었을 때, 자극을 주거나, 후끈후끈한 욕조에 들어갈 때 사용하는 단어다.

나는 봉인된 편지를 더 좋아했을 것이다, 냉장고에 붙은 간결한 메시지라도 좋았을 것이다. 대화, 대화의 어색함, 자제보다는. **편지는 그녀 마음을 찌른다** — 단검. 단검의 과장된 극적 행동.

자제하기 위해.

청소년의 집착: 그리스 신화, 헤비메탈 록 스타들, 기형의 기록(멕시칸 난쟁이, 세쌍둥이, 검을 삼키는 알비노), 아이론 프린팅한 티셔츠, 젖가슴, 당신에게 처음으로 마리화나와 키스를 준 그.

땜질한 길을 따라, 그는 가만히 누워 있다. 나는 도착해서 쪼그리고 앉는다. 사후경직으로 뻣뻣한 그의 입술에 입을 맞추라 그러면 그가 일어난다. 이것은 성경이거나 영화이다.

우리는 서로를 잘 알지 못했지만 그는 자기 얼굴이 타이어 휠처럼 떨어져 나갈 때까지 내게 고백했다.

자제는 열정을 수치로 바꾼다. 더 나쁘게는 순교자로 바꾼다. 내 어머니는 순교자의 나라에서 왔다, 순교자를 숭배하고 순교자가 가득한 나라에서 왔다.

This is not a precious jade bracelet. It is plastic, given to me by my Italian friend who bought it for 50 cents.

The girl takes the knife.

I don't know the Korean word for sex. I ask Mother, Father, a couple of aunts. What's the word? They feign ignorance. I ask a friend living in Seoul. Even she doesn't know. "There are many words that refer to it. Just not one definite one."

Along the soldered road, there is a man sleeping. I pause, wanting to kiss him. But I am apprehensive that he would awake, become offended or confused. I shut the book or I open the book, earmark the page, shut the book.

이것은 귀한 비취 팔찌가 아니다. 이건 플라스틱이다, 내 이탈리아 친구가 50센트에 산 걸 내게 준 거다.

소녀가 칼을 잡는다.

나는 섹스에 대한 한국어 단어를 모른다. 나는 엄마, 아빠, 몇몇 이모들에게 물었다. 그 단어가 뭐예요? 그들은 모르는 척한다. 서울에 사는 친구에게도 물어봤다. 내 친구도 모른단다. "그걸 가리키는 말이 많아. 정확히 하나만 있는 건 아니야."

땜질한 길을 따라, 한 남자가 자고 있다. 나는 잠시 멈춘다, 그에게 키스를 하고 싶어서. 하지만 그가 깨어나서 화를 내거나 혼란스러워할까 봐 걱정이 된다. 나는 책을 덮는다 아니 책을 연다, 페이지에 표시를 하고, 책을 닫는다.

Movement

(I said) hello
(I said) blue adds to maelstrom

(Vines wove wildly around the window
the way damp flannel sheets roiled around our
sweaty legs, our faces stiff as caulk)

(you said) how your strobe light moods
            flashed while winds

sprouted like weeds, while we sucked juice
from matronly oranges.

(Those vines became elegiac eels, leafless
and insinuating. While drunk)

I wanted your neck. (Flighty altitude in
a shallow room, tongues flapping

for attention. A nosebleed while lovemaking.

Blood rind. Letters in hiatus. I cupped all
your facial bones in one palm.)

움직임

(나는 말했다) 안녕
(나는 말했다) 파랑이 소용돌이에 더해진다

(창문 주위 무성하게 엉킨 덩굴들은
땀에 젖은 우리 다리에 엉킨 축축한 면 시트 같다
우리 일굴은 실리콘처럼 뻣뻣하다)

(너는 말했다) 네 섬광등 불빛이
                어떻게 번쩍였는지 그때 바람이

잡초처럼 솟아났고, 그때 우리는 퉁퉁한 오렌지에서
즙을 빨아먹고 있었지.

(그 덩굴들은 서글픈 뱀장어가 되었지, 이파리도 없이
은근히. 술에 취해 있는 동안에)

나는 너의 목을 원했지. (낮은 방에서 변덕스러운
고도, 관심 받으려고 혀들이

펄럭이고. 사랑을 나누는 동안 코피가 나고.

피의 껍질. 틈 속에 있는 문자들. 나는 네 얼굴 뼈 전체를
한 손바닥에 동그마니 담았지.)

Aphasia during crisis or mouth to mouth,
kiss as confession's replica,

(I asked for noise) you played
(I asked again) and then you paused.

위기 중의 실어증 혹은 입에서 입으로,
고백의 복제품으로서의 키스,

(나는 소릴 내 달라고 했지) 너는 소릴 내었고
(나는 다시 요청했지) 그리고 너는 멈추었지.

Translating Michin'yun

Gorgon, lost hysteric. Marsupial men in blue tiaras.

She picked off the last flakes of herself: organs,
crumbs, inflatable trousers.

Drinking rice wine along the Han River, we talked
about this sexual revolution, the good girls
who give fellatio in karaoke rooms.

Mich-bitch-in-a-house-box-bed shattered by sound.

He blamed Korea's promiscuity on Japan:
"We carelessly fuck around like those imperialists."

Old-fashioned vibrators used as cures for hysterics.

I spoke mindlessly: Nest of mosquitoes. Fat man with gout. Caw.

The husband or father who uses it as insult or banter.

If hot-tempered, if having affairs, if too cerebral, if—

Used too commonly: "Michin'yun is late."
Melancholic dial tone. Throat sags monastically, fattens to a curse.

미친 년 번역하기

고르곤, 길 잃은 광인. 파란 티아라를 쓴 캥거루족 남자들.

그녀는 자신의 마지막 조각들을 떼어냈다: 장기들,
부스러기들, 빵빵해지는 바지들.

한강변을 따라 막걸리를 마시며, 우리는 이야기했다
이 성(性) 혁명에 대해, 노래방에서 펠라치오를 해주는
착한 여자들에 대해.

산산이 부서진 집-상자-침대-속-**미친**-미친 년.

그는 한국의 방탕함을 일본에 탓했다:
"우리가 그 제국주의자 새끼들처럼 무분별하게 씹을 한다니까."

신경증 치료에 쓰인 구식 바이브레이터.

나는 무심코 말했다: 모기 둥지. 통풍 걸린 뚱뚱한 남자. 까악.

이를 모욕이나 농담으로 여기는 남편 혹은 아버지.

욱하거나, 바람을 피우거나, 너무 지적이거나, 혹시—

너무 흔하게 사용되는: "미친 년이 늦네."
우울한 전화 발신음. 목구멍은 수도승처럼 늘어져, 저주로 두툼해진다.

Sallow, raving, she returned to the village after four years
of work (what she did or where she worked, no one knew.)

4년 일하고 그녀는 그 마을로 돌아왔다, 창백하게 정신없이
(그녀가 어디서 무엇을 했는지는, 아무도 모른다.)

To Collage a Beginning

I.

to begin

I always drew the face first

large eyes, blond locks, thimble lips

and broad streaks across canvas, the scent
of cold cream, paper thick as cloth napkins

I noticed a blond shepherdess
who ate sushi out of a wicker basket

The way a story began, the rich lining
of a first sentence, how we worship clarity

the curtains rising to a startling chronology,
rays jutting like stalactite, a projection

in a wet blue cathedral— I wanted
to start a conversation over again with my father

시작을 콜라주하기

I.

시작하기

나는 항상 얼굴을 먼저 그렸다

큰 눈, 금발 머리, 작은 입술

그리고 캔버스 위 굵은 줄무늬,
콜드 크림 향기, 천 냅킨만큼 두꺼운 종이

나는 금발의 여자 양치기를 보았다
고리버들 바구니에서 초밥을 꺼내 먹는

이야기가 시작되는 방식, 고급스레 배치할 것
첫 문장을, 우리가 선명함을 숭배하는 방식

어마어마한 연대기까지 올라가는 커튼
종유석처럼 튀어나온 광선들, 회청색

대성당 속의 투시— 나는 원했다
아버지와 대화를 다시 시작하기를

in airbrushed light over coffee,
when we weren't worn or tired—

No one could not remember my first word,
it could have been *oma, appa, bap, uyu* or

home, friend, it could have been sex, the first
English word I taught my immigrant cousin

which he repeated over and over like a child—

우리가 지치거나 피곤하지 않을 땐
깔끔한 햇살 아래 커피를 마시며—

아무도 나의 첫 단어를 기억할 수 없었다
그것은 **엄마, 아빠, 밥, 우유**가 될 수 있을 거고

홈, 프렌드일 수 있었고, 섹스, 이민 온 사촌에게 내가
맨 먼저 가르쳐준 영어 단어일 수도 있을 거다

그 단어를 그 애는 어린아이처럼 반복해서 말했다—

II.

to land

Gasp at the first sight

of an amusement park, the prickly

circle of a Ferris wheel swooping down—

a small girl with a white hat draws
poignant circles on the unmarked sand—

how luxurious it would be to write poetry
about unpeopled landscape,

rolling hills, the fog winding over a silhouette
of spruce trees, a pond iced over and air,

sharp high altitude air, clinging to my chest
already tarred by a glaze of ink—

II.

착륙하기

놀이공원을 처음 본

순간의 숨막힘, 밑으로 훅 내려오는

대관람차 바퀴의 뾰족뾰족한 동그라미—

흰 모자를 쓴 작은 소녀가 표시 안 되는
모래 위에 가슴 아픈 원들을 그린다—

사람 하나 없는 풍경에 관하여
시를 쓴다면 얼마나 멋질까

구불구불한 구릉들, 가문비나무의 실루엣을
휘감는 안개, 얼어붙은 연못 그리고 공기,

폐를 찌르는 높은 고도의 공기, 이미 잉크의
광택으로 타버린 내 가슴에 들러붙고—

Once the gatherer landed
she saw small blue flags marking every half-mile—

(My grandmother once had a Japanese surname.
Women were sent to coal mines to work shirtless)

I dreamed of glaciers marked with graffiti,
a waiting room cutting through the first place I lived.

일단 수집가가 착륙하자마자,
그녀는 작은 푸른 깃발이 반 마일마다 표시된 걸 보았다—

(내 할머니는 한때 일본 성을 가지고 있었다. 여자들은
탄광 노동자로 보내져 옷도 못 갖춰 입고 일했다)

나는 그래피티로 표시된 빙하를 꿈꾸었다,
내가 처음 살았던 곳을 가로지르는 대합실을.

III.

to desire

a huge fuchsia department store called *sampoong bekajum* (Gift)

collapsed one day, killing hundreds of women who were

browsing through dresses, baskets of oranges, and mackerel—

after the wreckage was cleared, there was a blank plot of land
and a naked woman who whirled around in a circle—

holding nothing but chanting I want I want I want.

III.

열망하기

(명품) 삼풍 백화점이라고 불리는 거대한 꽃분홍색 백화점이

어느 날 무너졌다, 수백 명의 여자들이 죽었다

드레스, 바구니에 든 오렌지, 고등어를 고르던 여성들—

잔해가 치워진 후에는 빈 땅뙈기만 남았다
그리고 벌거벗은 한 여성이 둥글게 맴을 돌았다—

아무것도 안 들고, 나 원해 나 원해 원한다고 중얼거리며.

IV.

to dress

they soaped and clothed her in a high-necked dress

with a bustle to make her lucid—

she tracked in mud, her cunt was in flames, they said.

I wanted petticoats and blue-white hair, the blue
was so startling, it made me cry *so new, so wonderfully new!*

To name the native, you must first dress her

when they undressed her at night, they found
hoarded manifestos taped to her flesh—

she expected origami white underneath her flaking
skin but it was peacock blue and black

what are the first words, she asked her father and—

IV.

옷 입기

그들은 그녀를 비누로 씻기고 목이 높은 드레스를 입혔다

그녀가 정신 차리도록 야단법석을 떨면서—

그들은 말했다, **그녀가 진창을 달렸고, 음부가 불탔다**고.

나는 페티코트와 청백색 머리카락을 원했다, 그 푸른색은
너무 특이해서, **너무 새 거네, 완전 새 거야!**라고 나는 외쳤다.

토착민에게 이름을 붙이려면, 너는 그녀에게 옷을 먼저 입혀야 한다

그들이 그녀의 옷을 벗긴 밤에, 그들은 발견했다
그녀의 살에 붙어 있던 저장된 선언문들을—

그녀는 벗겨진 피부 아래 하얀색이 있길 기대했지만
거긴 공작새 같은 푸른색과 검은색이었다

첫 번째 단어들이 뭐예요, 그녀는 아버지에게 물었다—

imported for her exaggerated ass—

shed her old dust-ridden pelt, left her hut and oil fire

what are the first words, she asked her father and—

I was not afraid to undress in front of her,
it was a used dress, an ill-fitting dress.

부풀린 엉덩이 때문에 수입된 말들—

그녀는 먼지투성이 낡은 가죽을 벗어던지고, 오두막에 기름 불을
붙이고 떠났다

첫 단어들이 뭐에요, 그녀는 아버지에게 물었다—

그녀 앞에서 옷을 벗는 것이 나는 두렵지 않았다,
그것은 헌 옷이었고, 맞지 않는 드레스였다.

V.

to listen

Chapsuseyo: beef slats clothed in lettuce, griddled
vowels, hostess puckered thank you in a breath
(how do you bow, how do you
say *eat* formally)—winding spiral stairs
lead to ears that lead
to verbs tiered for a higher
and wider

Mich-inyun: exiled from the table
but I've already left, Korean soap operas infidel's
broken foot, jaundiced from the attic,
burn the hoop, the act, the barker's
dictating laugh, bedlam!
But little was heard,
feckless woman
—how could

V.

들어보기

잡수세요: 상추에 싼 소고기 조각, 구운
모음들, 여주인은 고마움을 속삭였다
(어떻게 인사하는지, 어떻게 격식에 맞게
먹어라고 말하는지)—구불구불 나선형 계단은
귀로 이어지고 또 동사로 이어져
동사들은 더 높고 더 넓게 층층이
배열된다

미친 년: 식탁에서 추방당했지만
나는 이미 떠났다, 한국 드라마, 이교도의
부러진 발, 다락방에서 누렇게 바래고,
그 고리는 태워라, 그 행동, 호객꾼의
기분 나쁜 웃음, 난리법석!
하지만 거의 들리지 않았다
무기력한 여자
—어떻게 그렇게

Malsum: what what? said the daft old man,
whose hearing aid was crushed by his family
who *mums* the word—swallowed words,
anxieties—portrait of my forensic thumb,
singing I fly, I want, I need—Listen to the native's
monologue, listen as you would when
your footsteps are echoed by another—
Raid a brothel of philosophers!
You need a helmet,
some wings, sheets of rain—
it was a fresh beginning
over such noise! It was—

말씀: 뭐라고? 뭐라고? 귀먹은 늙은 남자가 말했다,
보청기는 그의 가족들이 부수어버렸다
노인은 **침묵**한다—삼켜진 말들,
불안감—나의 법의학적 지식이 묘사된다
나는 노래 부르며 난다, 나는 원해, 필요해— 원어민들의
독백을 들어라, 당신의 발걸음이 다른 사람들로 인해
메아리치는 것을 듣듯이—
철학자들의 매음굴을 급습하라!
당신은 헬멧이,
날개가, 호우가 필요하다—
그것은 새로운 시작이었다
그토록 큰 소음 너머로! 그랬다—

III.

Hottentot Venus

Overheard in the heat, the air, the fruit fly's drone
of the perfect helix, overheard in science's repartee

of right and wrong, in the gossip of perfumed women
basking in London's charmless sun,

Overheard in the gasps of penny sideshows, the formulas
of doctors summing up freaks in taxidermic clinics,

Overheard in the echo of cubic hallways,
in the speculum's wand first tested on the slave woman,

Overheard in history's senile tympanum

was a Song.

Rain irrigating fact, jars mapping name,
Recollect my throat, my organs, my bones

*

호텐토트 비너스

열기, 공기, 초파리의 윙윙거림 속에서 우연히 들었네
완벽한 나선형에 대해서, 옳고 그름을 따지는

과학의 논쟁 속에서 우연히 들었네, 런던의 매력 없는 햇빛을 즐기는
향수 뿌린 여자들 수다 속에서 들려온 것은,

싸구려 사이드쇼의 감탄 속에서 우연히 들었네, 별종들을
박제술 병원에 모아 간추리는 의사들의 공식에서,

정육면체 복도의 메아리 소리에서 우연히 들었네,
여성 노예에게 처음 시험된 검경(檢鏡) 막대기에서 우연히 들었네,

역사의 늙은 고막에서 우연히 들었네

어떤 노래였지.

**비가 사실을 뚫고, 항아리는 이름을 기록한다,
내 목구멍, 내 장기, 내 뼈를 되찾아라.**

*

Overheard was the scribble of a biologist's notes,
the showman's bark of choreographed answers:

(*4'6" 1/2, 98 lb., skin tone is a jaundiced yellow brown*)
She stepped to the right, she stepped to the left,

(*thighs measure 4" deep in the back, 1" in the front*)
She lumbered forward, she lumbered backwards,

(*face is remarkably simian: a flat nose .5" from tip to septum*)
She pushed out her lower lip, furrowed her brows

(*The mouth is wide and flat, 1.7" in width*)
She danced to the hurdy gurdy, shuffling back and shuffling forth

(*Most spectacular is the sheer width of her buttocks*)
And then she turned her back to the audience,

(*Suffering from Steatopygia, her buttocks are 9" deep in fat*)
She heard the titters of the crowd as they drew nearer,

(*2 hemispherical cushions of fat that come to an apex*)
"The size of a whale!" "A sink!" "A cauldron pot!"

생물학자가 노트에 휘갈겨 쓰는 소릴 들었네,
연출된 대답을 하는 쇼맨의 외침을:

(4피트 6.5인치, 98파운드, 피부는 황달 같은 노란 갈색)
그녀는 오른쪽으로 발을 옮겼다, 그녀는 왼쪽으로 발을 옮겼다,

(허벅지는 뒤쪽으로 4인치, 앞쪽에서 1인치다)
그녀는 앞으로 쿵쿵 걸었다, 그녀는 뒤로 쿵쿵 걸었다,

(얼굴은 완전 유인원 같다: 납작한 코끝에서 비중격까지 0.5인치)
아랫입술을 내밀며, 그녀는 눈썹을 찌푸렸다

(입은 넓고 평평하다, 너비가 1.7인치)
뒤로 갔다가 앞으로 나오며, 그녀는 허디거디에 맞춰 춤을 췄다*

(가장 볼 만한 것은 그녀의 엉덩이 폭이다)
그런 뒤 그녀는 관중에게 다시 등을 돌렸다,

(둔부의 지방 축적으로, 그녀 엉덩이는 지방이 9인치 깊이다)
점점 다가오며 킥킥거리는 관객들 웃음소리를 그녀는 들었다,

(가운데가 봉긋 솟아 있는 반구 모양 쿠션 두 개)
"고래 크기야!" "싱크대 크기야!" "가마솥인걸!"

---

*   허디거디는 손잡이를 돌려서 현을 타는 악기로 10세기경 처음 만들어진 오래된 악기다.

(and slopes down near her savage genitals.)
A parasoled woman poked, a mustachioed man fondled,

(her moods are erratic, often disagreeable)
She sighed as they poked with their very own hands,

(and her sexual appetite rapacious)
and desired ardor, enlightenment, an ermine coat.

★ ★

(그리고 무시무시하게 큰 성기 밑으로 내려간다.)
양산 든 여자가 찔러보고, 콧수염 남자는 더듬더듬 만져본다,

(그녀, 성질이 변덕스럽고, 자주 불쾌해한다)
사람들이 손으로 찌를 때 그녀, 한숨을 내쉬었다,

(그리고 그녀, 성욕이 거침없다)
그리고 열정, 계몽, 또 밍크 코트를 원했다.

★ ★

A ragged trail of rain leaked through
the cracked stubble of my apartment ceiling,

and was beating down on the dozen laid-out pots
when the Hottentot Venus arrived at my home

and spoke with quiescence and rage:

What a piece of work is man that
a servant girl from South Africa was bartered

from showman to doctor, from doctor to showman.
I died from the cold and from the hands of these doctors.

And still they used my rotted body to show
What-a-piece-of-work-is-man.

The rain ceased its drumming. Clouds tugged
apart and drifted, canvassing

each window with their idle shadows.
She turned to me and asked:

내 아파트 천장의 투박하게 갈라진 틈 사이로
빗물이 줄줄 새면서 초라한 흔적을 남기고 있었다,

늘어놓은 냄비들 위로 빗물이 내려치고 있을 때
호텐토트 비너스는 내 집에 도착했고

그렇게 그녀는 조용조용, 분노에 차 말했다:

도대체 인간이란 어떤 존재이기에
남아프리카의 한 노예 소녀가 팔리게 된 걸까

흥행사로부터 의사에게, 의사로부터 흥행사에게.
나는 그 냉기와 의사들의 손 때문에 죽은 거야.

그럼에도 그들은 내 썩은 몸뚱아리를 전시에 이용했지,
대체-인간이란-어떤-존재야.

비가 그 두드림을 멈췄다. 구름은 서로에게서
떨어져 떠내려가, 흩날리며

창문들은 저마다 나른한 그림자 드리우고.
그녀는 내게 몸을 돌려 물었다:

And why have you resurrected me?
as a symbol, an allegory, a mirror image of myself?

We are the stone reliefs of men in their chariots,
the fat trimmed off classification.

I dreamed that I kissed a lion's maw
and pulled fat from my breast like taffy,

burning down childhood pageants where I
was the slant-eyed jester in a shapeless gown

They called me the Missing Link, though
I knew Dutch, English, a little bit of French

watching the parabola of onlookers watching
the autopsied body

They impounded me with their cold intentions

(the doctors viewed the spook that
she tucked behind her apron)

그런데 너는 왜 나를 부활시켰어?
하나의 상징으로, 우화로, 나 자신의 거울 이미지로?

우리는 마차를 탄 사람들의 돌 부조야,
분류 과정에서 제거된 지방층.

나는 사자의 턱에 키스를 하고
내 가슴에서 태피사탕 같은 지방을 뽑아내는 꿈을 꿨지,

형편없는 가운을 입은 눈이 찢어진 광대로
출연했던 행사들을 다 불태우고 있었다.

그들은 나를 누락된 연결고리라고 불렀어, 내가 실은
독일어, 영어, 그리고 프랑스어도 좀 아는데 말야

둥그렇게 모여 부검한 시신을 바라보는
구경꾼들을 지켜보면서

그들은 차가운 의도에 나를 가두어버렸어

(의사들은 그녀가 앞치마 속에 밀어넣은
그 유령을 살펴보았지)

dreamed of their butcher paper, their incising
each border: mouth, vulva and eyelid.

Once, London's sun was darker than
dead coal and I bit my tongue like an epileptic.

Overheard the hissing world, cold rain,
and a tale that burned in its preamble:

You who number and plot:
honor your gilded canes, your portrait ladies.
I tear you apart as I have been torn.

* * *

꿈을 꿨지, 그들이 들고 온 고기 포장지, 경계면을
싹 자르는 걸: 입, 음부, 눈꺼풀도.

한때, 런던의 태양이 꺼진 석탄 불보다도
더 어두웠고 나는 간질 환자처럼 혀를 깨물었어.

쉭쉭거리는 세상과, 차가운 비,
그리고 그 서문에 태워서 새겨 넣은 이야기 하나:

번호를 매기고 음모를 꾸미는 당신:
당신들의 금 도금 지팡이들을 존경하라, 초상화 여인들이여.
내가 찢겨진 것처럼 당신들을 찢어 놓으리.

* * *

Androgynous Pronoun

(*nakshil*) the sound of fishing.   (*o-rak*) play.

(*ga-ul*) suit knitted from leaves colored cumin and cayenne.

(*ip*) mandible.   (*ip damu*) mandible slew.

(*ko*) I inherited my father's nose.   (*ku'rum*) also his walk.

(*want*) pronounced won-ha-da. won-ha-da wooed

a flat-chested woman.   her arms enfolded.

Hers puddled between her legs.   His streamed past twenty fences.
(*She said she was a man. He challenged her to a piss*)

(*mip'ta*) rattling stomach (*yep-u-da*) bloated legs

The custom of the hermaphrodite cut perfectly in half.

Body like a balloon inflated by asthmatic breath.

중성형 대명사

(**낙실**) 낚시하는 소리.   (**오락**) 놀이.

(**가을**) 쿠민과 카엔 색깔로 물든 이파리로 뜨개질한 정장.*

(**입**) 아래턱.   (**입 담**) 아래턱이 많음.

(**코**) 나는 아버지의 코를 물려받았다.   (**구름**) 아버지 걸음걸이도.

(**원트**) 원-하-다로 발음된다. 원-하-다가 구애했다

가슴이 납작한 여자에게.   팔짱 끼고 있던 여자.

그녀의 것은 그녀 다리 사이로 철벅거렸다.   그의 것은 스무 개의
울타리를 넘어 흘렀다.
(**그녀는 자신이 남자라고 했다. 그는 그녀에게 오줌싸기 대결을 제안했다**)

(**밉다**) 꿀렁거리는 위 (**예쁘다**) 부은 다리

자웅동체의 관습은 완벽하게 반으로 잘렸다.

가쁜 숨으로 풍선처럼 부풀어 오른 몸.

---

*   쿠민은 미나리과의 식물로 가루로 빻으면 짙은 노랑이며, 카엔은 붉은 고추다.

The hirsute man twirled around, became Bette Davis.

(*kunyun*) a soldier's armpits. (*kunyun*) tangerine robes.

Hermaphrodite twirls to switch again, but trips in between.

털북숭이 남자가 돌아서서 베티 데이비스가 되었다.*

(근육) 군인의 겨드랑이. (근육) 귤색 가운.

자웅동체는 다시 바꾸려고 돌다가, 중간에 그만 넘어진다.

The Scavenging

There is no order; no primary triads,
no grids or echoing radii

but an asylum—carnation, crane white,
bouquets of lurid pink clowns and holy apostles

patterned on muslin, voile or Titian silk,
fabrics used to wrap and hold

her things, fat bundles that are now
hoarded—my source, my humiliation.

I am hungry for cloth,
sweat's stain from travel and labor.

Once I sewed fifty white seat cushions,
self-effaced, the washboard of final gauze

into flattened seats for an audience, where
I performed body holding body,

distilling the maelstrom of moods —
objects, carnation, crane white,

샅샅이 뒤지기

질서도 없고; 주요3화음도 없다,
격자판도 메아리치는 반경도 없다

그저 피난처―카네이션, 하얀 두루미,
야단스러운 분홍 광대들과 신성한 사도들의 꽃다발

모슬린, 보일, 황갈색 양단에 무늬를 새긴,
그녀의 물건들을 싸고 보관하는 데 사용된 천들,

이제는 내 고민의 원천이자 수치심으로
간직된―뚱뚱한 꾸러미들 그녀의 물건들.

나는 천이면 정신을 못 차린다,
여행과 노동에서 나온 땀의 얼룩.

한때 나는 50개의 흰색 의자 쿠션을 꿰맸다,
자아를 지운 채, 빨래판의 마지막 거즈를

관객을 위한 평평한 의자로 변형시켜, 거기서
몸을 버티며 나는 몸을 연기했다,

소용돌이치는 기분을 말끔히 하면서 ―
물건들, 카네이션, 하얀 두루미,

bouquets of faces that stared while I stole
words, men, an audience of holy apostles

or leering clowns, and the claps or the cane
used to yank away the freak who

can only speak through *things*,
the invention of cloth and the motion of needle.

Her wrappings hold the stench of rationed
anchovies, the tension of Japanese surnames,

the revolution of Molotov cocktails
with their throaty flames, the blast of patriotism.

But these are guesses based on historians
who call Korea poor country, who poeticize

about night soil and human shit—she has never
unknotted her gathered *bottaris*

내가 단어를 훔치고 남자를 훔칠 때 빤히 바라보던
얼굴들의 꽃다발, 신성한 사도들 혹은

음흉한 광대들의 관객, 그리고 박수 혹은
괴짜를 쫓아내는 데 사용된 지팡이, 괴짜는

오직 **물건들**을 통해서만 말할 수 있다,
천의 발명과 바늘의 움직임.

그녀가 싼 것들은 배급된 멸치의 악취를
품고 있다, 일본식 성씨들의 긴장을,

몰로토프 칵테일의 혁명을*
그것들의 목쉰 불꽃, 애국심의 폭발을 품고 있다.

하지만 이것들은 역사가들이 하는 추측들,
역사가들은 한국을 가난한 나라라 부르고 밤의 토양과

인간의 똥에 대해 시를 읊는다—그녀는 절대로
그녀가 모은 **보따리**의 매듭을 풀지 않았다

---

*　　술의 한 종류인 칵테일이 아니라 휘발유와 증점제를 칵테일처럼 섞어 만든 화염병
　　같은 것을 가리킨다. 제2차 세계대전 당시 핀란드와 소련 사이에 벌어진 겨울전쟁에서
　　유래되었다. 당시 소련의 외무장관 뱌체슬라프 몰로토프가 "핀란드 인민에게
　　빵을 공수한다"고 속이며 연막작전을 펼치고 무차별 포격을 하자, 이에 분노한
　　핀란드인들이 화염병을 만들어 소련군 전차에 던지면서 몰로토프에게 보내는
　　칵테일이라 하여 이름이 붙여졌다.

except the scrap bag which only held skins
and that one story, repeated over and over—

the 38th parallel, the sons already south,
she and her daughters the last to cross.

She carried too many bundles, unknotting them
to take out a frame or dish and leave it behind,

not knowing there was a scavenger
who pawned her objects for exemption.

그녀가 푼 것은 껍데기만 있던 스크랩 가방과
계속해서 되풀이하던 그 하나의 이야기밖에 없다—

38도선, 이미 남쪽에 가 있던 아들들,
그녀와 그녀의 딸들은 마지막으로 건넜다.

그녀는 너무 많은 꾸러미를 가지고 있었다, 그걸 풀어
액자를 꺼내고, 접시를 꺼내고, 그걸 남겨 놓고 떠났다,

자유로워지려고 그녀의 물건들을 전당포에 맡긴
수색자가 있었다는 것은 알지 못한 채.

CAT Scan

I will stroll through

negative space molded in blubber.   Dildo interior.   Gurney

waiting like a bobbed tongue.   Neurons   caseworkers

marching through fiberglass.   A keen-eyed

tourist.   a battery of cameras f-stops a heart and a brain

Okra electric.   Bring on the whitening loofah

the paint by number schemata   my ideals, my love

Old-world love!   Body electric my tantric ass.

Again that clicking   a riff guitar flayed, bar coded:

A night in your spare, poised room.   Rise, rise, I will rise

context a soliloquy on dole   just me shrink-wrapping air.

I won't wait for that nest of minutiae—

캣 스캔

나는 천천히 돌아다니겠지

미끈하게 푹 파인 공간을. 딜도 같은 내부. 환자 이송용 침대는

잘린 혀처럼 기다린다.   신경 세포들   사례연구자들은

섬유유리를 통해 행진한다.   예리한 눈을 가진

관광객. 카메라 조리개들 딸깍딸깍 심장과 뇌를 찍어내고

오크라 전기. 표백하는 루파를 가져와라

번호로 체계를 만들어 색칠하기   나의 이상, 나의 사랑

구식 사랑!   전기가 통하는 몸 내 탄트라 엉덩이.

다시 그 딸깍 소리.   벗겨진 기타 리프, 바코드 찍힘:

휑하고 정돈된 병실에서의 하룻밤.   일어나, 일어나, 일어날 거야

맥락은 실업 수당에 대한 독백   나만 공기를 수축 포장하네.

그 소소한 둥지를 기다리지 않을 거야—

Oxtails, donuts, a morning regret. A rewired booth will

predict my synaptic sparring, my early dawn

special in lite-brite fusillade.   Here, an impeccable

map, a turnstile revolving, the last confessional

before I'm out your door, your illegible pod.

소꼬리, 도넛, 아침의 후회. 다시 연결된 부스는

예견하겠지, 내 신경 접합부의 대결, 나의 이른 새벽을

라이트-브라이트의 일제사격으로 특별한. 여기, 완벽한

지도, 돌아가는 회전문, 내가 너의 문, 해독 불가한

검사 통을 나가기 전의 마지막 고해성사.

Wing 1

It was a season when green was not a mnemonic green. A butterfly was bludgeoned by sight or a careless fist. Hazy light was light seen through tears and light for the wedding was hazy. Smelly carnations, doily-rimmed cake. There was no one in attendance except the gold-frocked pastor and my father. Even the groom did not show (my father grabbed him prowling along the sidewalk, declaring, "Here, a Korean man! The perfect DNA!") First daughter watched the procession with a peach-colored RSVP in hand. The box was checked "No, I cannot attend—but I will watch, eat cake, and tap my shoes." Seasons changed. Memory was pixilated when faced with meadow and space. Air accelerated to wind, ideal for aviation. My father sent a videotape and diagram, showing how the wedding should be planned and saw her figure weaving in the air before the plunge: Frigid gale whipping feathers, hoarded phrases trained words, home-bound vernaculars (he cried. *udi-ru ga!*), the sump of romanized words now an alloy, a compromise.

날개 1

초록이 기억에 남는 초록이던 계절은 아니었다. 나비는 무신경한 주먹질로 시선으로 얻어맞았다. 흐릿한 빛은 눈물 너머로 보는 빛이라는데, 결혼식 조명이 딱 그런 흐릿한 빛이었다. 향긋한 카네이션, 장식 테두른 케이크. 금색 옷을 입은 목사와 우리 아버지 말고는 하객이 하나도 없었다. 심지어 신랑도 나타나지 않았다 (우리 아버지가 신랑을 잡아와서는 식장을 돌아다니며 "봐, 한국 남자야! 완벽한 유전자지!" 선포하셨다) 큰딸은 복숭아빛 초대장을 손에 들고 그 행진을 지켜보았다. 초대장 다음 칸이 체크되었다. "아뇨, 전 못 가요—하지만 보긴 할 거예요, 케이크를 먹고 구두를 다각거리며 걸을 거예요." 여러 계절이 바뀌었다. 초원과 허공을 만나 추억은 조각조각 픽셀 단위로 보였다. 공기가 상승하여 바람이 되어, 비행하기에 딱 좋았다. 우리 아버지는 결혼식이 어떻게 계획되어야 하는지 보여주고자 비디오테이프와 도표를 보내주셨고 그녀의 모습이 추락 전에 대기를 누비며 가는 것을 보았다: 매서운 돌풍에 휘날리는 깃털들, 쌓아둔 문장들 배운 단어들, 집으로 가는 입말 (**어디로 가니!** 아버지가 소리쳤다), 로마자로 된 단어들을 모아둔 통은 이제 하나의 합금이요, 타협안이다.

Wing 2 (Secret Language of Home Exposed)

hills   piss   barley tea
fly rolling high spell eczema a
tongue coated blue rag washing
it tantrum shrill thickets

hills
piss barley tea fly rolling high spell
eczema a tongue coated blue
rag washing it tantrum
shrill thickets the

hillspiss
barleyteaflyrollinghigh
spelleczemaatonguecoatedbluerag
washingittantrumthicketsthehill

Wing 3 (Secret Language of Home Exposed)

udi ru ga moyok
he jigum kuk jinma
di sajimi musun omma
haggi shi-ru gaji ma ya gaji

udi ru ga moyok
he jigum kuk jinma
di sajimi musun omma
haggi shi-ru gaji ma ya gaji

udirugamoyok
hejigumkukjinma
disajimimusunomma
haggishı-rugajımayagaji

날개 2 (집의 비밀 언어가 폭로되고)

고개   쉬야   보리   차
날아   구르고   높이   철자   습진   어떤
혀   코팅된   파랑   걸레   씻으며
그것   짜증   비명   덤불

고개
쉬야 보리 차 날아 구르고 높이 철자
습진 어떤 혀 코팅된 파랑
걸레 씻으며 그것 짜증
비명 덤불 그

고개쉬야
보리차날아구르고높이
철자습진어떤혀코팅된파랑걸레
씻으며그것짜증덤불그고개

150

날개 3 (집의 비밀 언어가 폭로되고)

어디 로 가 모역
그는 지금 걱 짐마
디 사지니 무선 옴마
하기 시러 가지 마 야 가지

어디로 가 모여
그는 지금 걱정 마
다 사진이 무서운 엄마
하기 시러 가지 마 야 가지

어디로가모여
그는지금걱정마
그사진이무서운엄마
하기시러가지마가지

Wing 4

As light, as elocution, as game, as mnemonic game,
the twin card of that tulip is on the right,
the twin card of that girl is on the left,
The homonym of capitol is capital, accept is except
allude is elude, rain is reign is rein,
the homonym of weather is whether
cite is sight is site, there is sideshow.
I fell in the line of fire between a tourist's camera
and site. Grew hair until it grew on my face,
the rabbit is the Marlboro man,
the house with the cool, Mediterranean tiles
is along the California tundra.
The twin card of horse is below,
the twin card of bell is above,
"Wings should be made of saddles
and etiquette," my father said
"Be grateful for story's intention," my teacher said.
I used to walk out of the classroom halfway through
story time be dragged back by the ear.
The twin card of bird is right behind, adjacent,
the twin card of book is right of way,
twin card of plane is mobile, all throughout,
fear that airplanes would soar past the papery stars
and collide with the globe's glass ceiling,
fear of all that was finite.

날개 4

빛처럼, 웅변처럼, 게임처럼, 기억력 게임처럼,
튤립 카드의 짝은 오른쪽에,
소녀 카드의 짝은 왼쪽에,
제도와 비슷한 말은 수도, 수용은 불용,
개념은 체념, 비는 비(妃)이고 비(轡),
날씨와 비슷한 말은 혹시,
핑계는 시계이고 업계이고, 부차적인 일.
나는 관광객들의 카메라와 관광지 사이에
줄을 섰다. 얼굴을 덮도록 머리를 길렀고,
토끼는 말보로 맨이고,
멋진 지중해식 타일로 지은 집은
캘리포니아 산지에 있고,
말 카드의 짝은 아래에,
종 카드의 짝은 위에,
"날개들은 안장과 예절로
만들어져야 한다." 우리 아버지 말씀
"이야기의 의도에 고마워하렴," 선생님 말씀.
이야기 시간을 반쯤 한 귀로 흘려보내고 나면
나는 교실을 걸어 나오곤 했지.
새 카드의 짝은 바로 뒤쪽 근처에,
책 카드의 짝은 바른 길에,
비행기 카드의 짝은 빠르게 움직이는, 어디로든,
가짜 별들을 가로질러 비행기가 날아올라
유리 하늘과 부딪힐까 두려워,
유한했던 모든 것을 두려워하며.

Site of an empty school lot. Cited in a book erased of story
but no sight of wings being rebuilt,
only the suggestion of wings,
the first words uttered,
a hapless face bloated with exhibitionist dreams.

텅 빈 학교 운동장 부지. 이야기가 지워진 책에 인용돼
하지만 날개가 다시 생기는 건 보지 못하고,
그저 날개를 권유할 뿐,
처음 말한 단어들,
과시욕 강한 자의 꿈들로 부풀어 오른 불운한 얼굴.

Ablution

As if I wrote myself
to a sparkling erasure,

or spoke with the wooden
clack of a puppet's mouth,

my palimpsest face haggard
from revision,

obsession for a glassblower's
perfection the way a pianist

obsesses: her fingers spidering
so fast down a scale she bursts into flames.

Or the folk singer who sings until she
coughs blood so that her voice will be
transcendent.

As if you did not ask for enough tears.
Never sleeping, always enduring:

Art that is a room so white it's blue,
and a copy of Kant by the hospital bed.

목욕재계

반짝이는 삭제에다
내가 나를 적는 것처럼,

혹은 꼭두각시의 입에서
딸깍이는 나무로 말하는 것처럼,

본래의 것을 지우고 다시 쓴 내 얼굴은
수정되어 창백하다,

피아니스트가 집착하는 방식으로
유리 부는 직공의 완벽함에 대한

집착: 직공의 손가락은 너무나 빠르게
거미처럼 높은 데서 내려가 불꽃을 내뿜네.

혹은 피를 토할 때까지 노래를 부르는
민요 가수 그래야 그녀 목소리가
초월할 수 있게 될 것이니.

마치 당신이 충분한 눈물을 요구하지 않은 것처럼.
절대로 잠들지 않고, 항상 인내하네:

예술은 너무 하얘서 파란 방이고,
병원 침대 옆에 있는 칸트의 복사본이다.

Limbs were as unyielding as a whale's fin,
and the mind burned white

in a Korean bathhouse, where there were
no Degas dancers but women

with flaccid breasts scrubbing
their bodies like the casual chore

of scrubbing laundry. Throwing
buckets of scalding water over themselves

to wash away the dirt that could
break out in worms.

All around there was the violence of steam
to clean, clean, to clean

as you wove on your loom
anathema and gift for your departure.

팔다리들은 고래 지느러미 마냥 꼿꼿했고,
마음은 하얗게 타버렸다

한국의 목욕탕에서, 거기엔
드가의 무용수들은 없었지만 빨래를

빠는 일상적인 집안일을 하듯이
몸을 문지르는 축 처진 가슴의

여자들이 있었다. 데일 정도로
뜨거운 물이 담긴 양동이를 끼었으며

벌레가 날 수도 있을 것 같은
시커먼 때를 씻어내지.

주변에는 온통 증기의 폭력이 있어서
씻고, 씻고, 씻으라 하네

떠나려고 베틀 위에서 당신이
저주와 선물을 짜고 있는 것 같아.

The Gatherer

she has landed: a treatise of hair, a parachute
which she wears as suit, a flame suit that tails out
for miles, cowling the land that is hoary
and new—

      Landed in:
an island without the slur of trees that fan
into peacock of sugar canes
used for capital and switch.
It is an island that no one wants.
No economy—only the grainy fog,
the watery sky, the linted
exhaust of land.

When I think of her,
I wonder how she keeps company,
what is her language, does she speak
to herself, sing, give monologues?
Does she go insane, swallow her tongue,
having no receiver, no catcher except
the bald landscape—the watery sky?
Does she unpeel?

수집가

그녀가 착륙했다: 머리카락에 대한 논문 한 편, 정장처럼
입는 낙하산 하나, 몇 마일에 걸쳐 흩어지는
화염의 정장, 서리 내린 새로운 땅에
고깔을 씌우고—

        착륙:
자본과 교환을 위해 사용되는
사탕수수 공작 속으로 나무들이
부채처럼 줄지어 서 있지 않는 섬.
그건 아무도 원하지 않는 섬이다.
경제가 없다—오직 입자 섞인 안개만,
물기 많은 하늘, 대지의
보풀 낀 배기관만

그녀를 생각하면,
어떻게 혼자 지내는지 궁금하다,
그녀의 언어는 무엇인지, 혼자 말하고,
혼자 노래하고, 독백을 하는지?
그녀, 미쳐버릴까, 혀를 삼킬까,
수신자도, 포수도 없이, 다만
헐벗은 풍경—물기 많은 하늘만?
그녀는 벗겨낼까?

I only know the sketch of her hands—
the close-up of fist, the gathering
the phonetic of hands:

The compass of wrist and the ball
of her palm,
the cords of her veins
that curl down to gather air.
Bending over to pick up the idea of object.
The ballet of fingers that pinches off a bud
of 'fern.' She digs for 'root,'
the head of 'fish,' along with the effort of mime,
the atom of sweat.

This is all I know. Her figure is muddled
by parachute and she breathes as if
between two words. I can only translate
her gestures—the syntax of pathos
is lost, along with the glossary
of character.

나는 그녀의 손 스케치만 안다—
클로즈업된 주먹, 그렇게 모으기,
손들의 음성을:

손목 나침반과
손바닥의 공,
그녀의 정맥 관들은
공기를 모으기 위해 아래로 휘어진다.
대상의 개념을 줍기 위해 구부린다.
'양치식물'의 싹을 꼬집는
손가락 발레. 그녀는 '뿌리'를,
'물고기' 머리를 판다, 무언극의 노력,
땀의 원자와 함께.

이게 내가 아는 전부다. 그녀의 모습은
낙하산으로 헝클어지고 그녀는 두 단어 사이로
숨을 쉬는 것 같다. 나는 그녀의 제스처만
번역할 수 있다—비극의 구문론은
잃어버렸고, 그와 함께 인물의
용어 사전도 잃어버렸다.

But as the solitary tenant and colony,
I can tell you her gestures promote
the yearning for a kiss,
the last of a prelude, a title.
She is mine, and I her object,
searching for our imagined core.

하지만 고독한 세입자이자 식민지로서,
나는 그녀의 제스처가 키스에 대한
갈망을 키운다고 당신에게 말할 수 있다,
서곡의 맨 끝, 어떤 제목.
그녀는 나의 것, 나는 그녀의 대상,
우리가 그리던 핵심(核心)을 찾고 있다.

Translating Mo'um

mo'um 1:

the utterance is an alm, the deep palaver of monk,
the demure lips—the struggle to speak with a mouth full
of water without spilling, the *mmm*
the hurried *um*, an afterthought, ghost, as if
embarrassed to say—

mo'um is:
    fur
      food
        heart
          lust

or changing my mind, it is none of this:

      mother always asked me: *mo'umi a-p'a?*

And it is *fever* that I first defined as mo'um,
the chills, heated energy—

      oma ujiruh (Mother, I am dizzy)

몸 번역하기

몸 1:

발화는 듣고 말하기식 교수법, 수도승의 심오한 헛소리,
얌전한 입술이다—입에 물을 가득 머금고선 쏟지 않고
말하려고 안간힘을 쓰는 것, **으으음**
다급한 **음**, 나중 생각, 유령, 마치
말하기 쑥스러운 듯—

몸은:
            털
            음식
            심장
            욕망

혹은 마음을 바꾸는 일, 이 중 무엇도 아니다:

            엄마는 항상 내게 물으셨다: **모미 아-파?**

그리고 내가 처음으로 몸을 정의한 건 바로 **열병**이었다,
오한, 뜨거운 기운—

            어마 어지러 (엄마, 나 어지러워요)

fevers whose gift was a day off from school,
my blanket a thermostat, hothouse avalanche,

sagwa moguh (Eat this apple)

to cool off the thick-lensed heat,
mother offered me peeled fruit, sliced in sweet geometry

I answered: *Mo'umi appa oma.*

Fever is the pathology of blushing,
knotted heat, red shrouding sight,

the dull fat tongue, throb of bone hugging muscle.
All I wanted to do was sleep, to leave this body,

to ache like the memory of acupuncture needles
perched around Grandmother's throat

(*ch'im maju*—which means spit but also
the hot blend of needles used to exorcise

as if mo'um was spirit, steam, leashed dog—
never the opaque doll but the battery that ran it)

내게 결석이란 선물을 주었던 열병,
이불은 곧 온도 조절 장치, 온실은 녹아내렸다,

사과 머거 (사과 먹어)

두껍게 에워싼 열을 내리려고,
엄마는 껍질 깎아, 달콤하니 기하학적으로 자른 과일을 권했다.

내가 대답했다: **모미 아파 어마.**

열이 나면 얼굴이 발개진다
뻐근한 열, 불그스레 시야를 가리고

둔하고 뚱뚱한 혀, 근육을 감싸는 뼈가 욱신거린다.
나는 그저 자고 싶었다, 이 몸을 떠나고 싶었다,

할머니의 목 주위에 자리 잡은 한방 침의
기억처럼 아프고 싶었다.

(**침 마저**—침은 입안의 침을 의미하기도 하지만
나쁜 것들을 몰아내려고 쓰는 뜨거운 바늘을 말한다

마치 몸이 영(靈)이고, 증기이며, 줄에 묶인 개라는 듯—
흐릿한 인형이 아니라 인형을 움직이는 배터리라는 듯.)

169

Grandmother kneeled. Two whorls against the floor:
the difference between mo'um and ma'hum,

always the pain that we first associate with mo'um,
the weight of fist to breast.

To associate mo'um with action:

      to forsake
        to hide
          to cleanse
            to transcend

One by one, each house caught on fire and
burned down. We saw no flames, only smoke

bellying out of windows, the ash that rained
and darkened our skins, the martyr naked by the window,

a spotlight on her as she waited for the flames to catch.

How easy is it to slough body, as if it is a sock, pennies,
the folktales of wells and filial daughters,

할머니는 무릎을 꿇었다. 두 개의 소용돌이가 바닥을 짚는다:
몸과 마음의 차이다,

우리가 몸과 먼저 연관 짓는 것은 늘 고통이다,
가슴에 대고 누르는 주먹의 무게.

몸을 행동과 연관 짓기:

　　　포기하기
　　　　숨기
　　　　　정화하기
　　　　　　초월하기

하나씩 하나씩, 집집마다 불이 붙고
재가 되었다. 우리는 불길을 보지 못했다, 다만 연기만

창문 밖으로 피어 올랐고, 재는 비처럼 내려
우리 피부에 검게 내려앉았다, 창문 옆에서 발가벗은 순교자,

불길이 그녀를 잡아먹기를 기다리는 동안 이목을 끌었지.

몸을 벗어버리는 건 얼마나 쉬운가, 양말 한 짝처럼, 동전처럼,
우물과 효녀에 대한 수많은 설화처럼,

For the bread she gave up though she was starving,
the daughter ascends in a blue-white gown.

While she ascends, there are floodlights that declare
her image, strokes of watercolor: flaxen, rose, white

always the erasing white: white curtains, stairs,

gowns folded in rows, and women bound in white,
crying, each tear carrying away a morsel of skin

(I was in the corner, taking water from their tears
and rubbing them on my cheeks as my camouflage.)

굶주린 와중에 양보한 그 빵 덕에,
그 딸은 청백색 가운을 입고 승천한다.

승천하는 동안, 조명등이 그녀의 이미지를
수채화의 획으로 그려낸다: 금빛, 장밋빛, 흰빛

항상 지워지는 흰색: 하얀 커튼, 계단,

일렬로 개어 놓은 가운들, 여성들은 하얗게 결박되어
울고 있다, 각자의 눈물 따라 살결도 조금씩 떨어져 나간다.

(나는 구석에 있었다, 그들의 눈물에서 물을 받아서
내 볼에다 그 눈물을 문질러 나를 감추었다.)

mo'um 2:

(The women's quarters in the Chos'on Dynasty were tucked away behind the spring, south of a rocky footpath. They slipped around as if there was nothing but air behind their silk dresses. One day, a frustrated wife, wearing only her underdress, ran out to the front gate and slapped her unfaithful husband with a bag of grains that was the weight of flesh. She was the cautionary figure.)

(While mother prayed during communion, I would sneak tastes of her wine and, break off pieces of her bread and slip them in my mouth, letting them melt on my tongue because it was so thin. The bread was forbidden to children. It was delicious.)

(The bell tongue of Sundays, the dogs that poke their muzzles through the diamonds of chain-link fences, the gathering of migrants to first repent and then eat)

(Dark-eyed body, simian woman. That night, ash fell like feathers before coating one's skin, water gathered in a fist. I waited before cleaning myself.)

몸 2:

(조선시대, 여자들의 거처는 바위가 많은 오솔길 남쪽, 우물 뒤쪽에
따로 숨어 있었다. 여자들은 비단 한복 뒤에 공기 외에는 아무것도
없다는 듯이 사뿐사뿐 걸었다. 어느 날, 화병 난 어떤 부인이 속치마만
입고 대문 밖으로 뛰쳐나와 바람을 피우는 남편을 후려쳤다 살 무게의
쌀 포대로. 그녀는 경고를 주는 인물이었다.)

(엄마가 미사 중에 기도를 할 때, 나는 엄마 몰래 와인을 맛보고, 빵을
쪼개어 내 입에 넣곤 했다. 아주 얇은 빵이라, 혀에 얹어 녹여 먹었다.
아이들에겐 제병이 허락되지 않았다. 아주 맛있었다.)

(일요일의 종소리, 철창의 마름모꼴 구멍으로 재갈 물린 주둥이를
내미는 개들. 회개의 시간을 먼저 가진 다음에 식사를 하는 이민자들의
모임.)

(검은 눈의 몸, 원숭이 같은 여자. 그날 밤, 깃털처럼 재가 떨어져 여자의
피부를 덮었고, 주먹 속에는 물이 고였다. 씻기 전에 나는 기다렸다.)

(I borrow the mo'um by sliding off my clothes, fondling, swallowing hard to feel the girth of throat.)

(나는 그 몸을 빌려서 옷을 미끈히 벗고, 어루만지고, 꿀꺽 삼켜 목구멍 크기를 감지한다.)

mo'um 3:

I took the gold, the ventriloquist's voice, the locks of hair, took

the code, the breasts, the lush vowel, and the infinitive

that could suit anyone (to eat, to suckle, to lust, to drink, to come,

to wash, to speak, to touch, to fuck, to speak. I have spoken, I have

spoken earnestly, I have lied.) I took the body. Snatched it, the one in the

left-hand corner; it is huddling, dancing, it does not move. Or clawed away

at the dark green soil, to the stone box where she lay, and took hers—

I took glossaries, the lucid mouth, singing birds

by the wings, I took in secret, with soiled hands

몸 3:

나는 황금을 취했다, 복화술사의 소리를, 머리카락 한 다래를,

암호를 취했고, 가슴, 무성한 모음, 그리고 누구에게나 어울리는

동사 원형을 취했다 (먹으려고, 젖을 빨고, 욕망하고 마시고 오려고,

씻고, 말하고, 만지려고, 섹스하고, 말하려고. 나는 말해왔다, 나는

열렬히 말해왔다, 나는 거짓을 말해왔다.) 나는 몸을 취했다. 몸을
낚아챘다, 왼쪽 모퉁이에

있는 것을; 그것은 움츠리고 있고, 춤추고 있다, 그건 움직이지 않는다.
혹은 긁어냈다

그 짙은 녹색 흙을, 그녀가 누운 석관을 파내, 그녀의 것을 취했다—

나는 용어 사전을, 또렷한 입을, 노래하는 새의 날개를

취했다, 나는 비밀로 부쳤다, 흙 묻은 손으로

since I forgot to wash before meals, or wipe away the sleep from my eyes,

or clean between my legs and clean off the ash that has powdered

my skin. She claps in the background when I

plunge into the pool into a canopy of bubbles and water that lifts,

explode to the clarity of air and the mo'um that sings.

식사 전에 씻는 걸 잊어버렸기에, 눈가에 묻은 잠을 씻어내는 걸,

내 다리 사이를 씻어내는 걸, 내 피부에 내려앉은 재를 씻어내는 걸

잊어버렸기에. 그녀가 뒷마당에서 손뼉을 친다, 나는

수영장으로, 소복한 거품과 거품을 들어 올려주는 물속으로 뛰어들어,

청명한 대기와 노래하는 몸으로 폭발한다.

Timetable

girl slur vessel 1,9,8,0, plot mangled

lode inflection of a face bleeding patter

a bowl nailed to wood   a hand caught in air

(brindled body trapped, a room pocked with drains)

il, ech, sam, sah   sweet plum by the machine

slum run rank   I mangled intaglio tense

(We hid our excess arms and horns, hemmed our suits,

sheared our hair, haunted an inch of this room)

water water   said said   hand wringing sob

squids strung to dry *shoo shoo* black onion stink

hire 800 for 8 tables said calligraphic slang

(No time to talk, no time to fuck, no time to piss, no)

시간표

소녀 삼키다 배 1,9,8,0, 줄거리 짓이겨진

광맥 얼굴의 굴절 후두두 피 흐르는

나무에 못 박힌 그릇 공중에 매달린 손

(얼룩무늬 몸이 갇히고, 배관들로 구멍 난 방)

일, 이, 삼, 사 기계 옆 달콤한 자두

슬럼 런 랭크 나는 짓이겼다 음각 조형을 세게

(우리는 여분의 팔과 뿔을 숨기고, 옷을 박음질하고,

머리를 깎고, 이 방을 샅샅이 떠돌아다녔다)

물 물 말했다 말했다 흐느낌을 쥐어짜는 손

건조시키려 매단 오징어들 **쉬 쉬** 검은 양파 냄새

테이블 여덟 개를 위해 800명을 고용하고 서예체 슬랭을 말했다

(말할 시간도, 섹스할 시간도, 소변 볼 시간도 없어, 아니)

freeze-dried communion   wet slip of sheet

he walked on pennies held together by molasses

(we gathered and dispersed   gathered, dispersed)

the ship stowing 200 capsized   molting to a coral reef

a place to sit   a place for exposure

the lights at the end of the shore are red.

동결 건조된 성찬   젖은 시트 자투리

그는 끈적끈적 붙은 동전들 위를 걸었다

(우리는 모였다가 흩어졌다   다시 모였다, 흩어졌다)

200명을 몰래 태우고 전복된 배는   산호초로 변하고

앉을 곳   노출되기 좋은 곳

해안 끝자락의 불빛들은 붉다.

메모

호텐토트의 비너스: 원래 남아프리카의 샌 부족 출신의 여성 사르키 바트만이 유난히 발달한 잉딩이와 성기를 이유로 영국에서 전시되었다. 사후에 그녀의 음순과 골격이 보존되어 프랑스 파리의 인류학 박물관에 전시되었고, 호텐토트의 비너스로 홍보되었다.

몸(*Mo'um*) 번역하기: 표준 로마자 표기로는 *Mom*이다.

거인에서 매치 녀으로 이어 말하기

"시인님, 저는 이 시집을 번역 연습 삼아 옮기고 있는데요, 시집에 '거인'이 여러 번 등장하는데 이게 뭘 의미하는지 모르겠어요." 떨리는 목소리로 들어온 질문이었다. 지난 6월 캐시 박 홍이 한국을 방문했을 때 북서울미술관에서 진행된 북토크. 나는 그때 핀란드에서 열린 학회에 참석하고 막 돌아온 참이었고, 코로나 의심 증상으로 마스크를 한 채 관객으로 앉아 있었다. 그 근사한 질문을 누가 했는지 궁금해 고개를 돌렸는데 보이지 않았다. 웃음을 간신히 참았다. 22년 전에 출간된 시집이다. 시인의 기억으로는 25년 전에 쓴 시들에 대한 이토록 세밀한 질문은 시인을 당혹하게 한다. 질문의 진정성과는 다르게 걱정이 앞섰다. '캐시 박 홍이 어떻게 대답할까? 기억이 잘 안 날 텐데.'

그러나 노련한 캐시 박 홍은 적절히 답을 잘 버무렸다. 내심 그 답이 조금 아쉬워 더 보충하고 싶던 나는 손을 들다가 내렸다. '정말 좋은 질문이라고, 이 시집에 '거인'이 일곱 번 등장하는데 이게 참 중요한 단어라고, 그 뜻은 이러이러하다고', 벌떡 일어나 강의실에서나 할 법한 답을 들려주고 싶었는데 마음을 접었다. 정확한 해석을 주는 것이 중요한 자리는 아니기에. 남겨두는 것이 좋다고. 시를 읽다 보면 각자는 각자의 상상을 할 것이기에. 거인에 대해, 거인을 만든 거인에 대해. 그리고 그 질문은 4분의 3 정도 써놓은 번역 후기를 완전히 되돌려, 새로운 제목으로 다시 쓰게 한 계기가 되었다.

번역가는 이런 사람이다. 시를 읽고 다시 읽고 또 읽고 되씹어 읽고 잘근잘근 의미를 새기는 사람. 그 고심 끝에 시집은 다른 언어의 옷을 입고 다시 태어난다. 이 시집의 제목은 '몸 번역하기'다. 이 시집에 일곱 번 등장하는 '거인'은, 말 그대로 '큰 사람'이다. 큰 사람인데, 이 시집의 거인은 힘이 없다. 힘이 하나도 없을 뿐만 아니라 기가 막힌 방식으로 발가벗겨지는 존재다. 시 「바지런한 헛소리」에서 거인은 왕에게 붙잡힌다. 왕은 거인의 몸을 물에 퉁퉁 불린다. 뼈를 발라내려고. 그날 캐시 박 홍의 시 세계에 대한 궁금증을 가지고 북서울미술관에 모인 이들에게 이 이야기를 들려드렸더라면 어땠을까? 몸으로 번역하는 일, 몸을 쓰는 일에 대해, 시인의 일과 번역가의 일에 대해, 바지런한 헛소리를 계속 지껄이는 어떤 거인에 대해 상상의 옷을 더 다채롭게 입혔다면 더 많은 이들이 이 시집을 사고 읽을까? 지금 와서 그게 살짝 궁금하긴 하다.

『몸 번역하기』는 2002년 미국에서 영어로 출간된 캐시 박 홍의 첫 시집이다. 캐시 박 홍은 산문집 『마이너 필링스』(*Minor Feelings*)로 한국에서 이미 많은 독자들의 사랑을 받고 있는 작가지만 산문 작가이기 이전에 아주 좋은 시인이다. '아주 좋은 시인'이라고 말한다면 비평가의 잣대로 이야기하는 거냐고 불편해하는 독자가 계실지도 모르겠다. 시가 좋다 싫다는 판단을 누가 하냐면서 불편하다는 한 시인의 포스팅을 어디선가 본 것 같다. 그래도 나는 여기서, 독자이면서 비평가이자 연구자의 판단으로 아무런 주저 없이 말한다. 캐시 박 홍은 아주 좋은 시인이라고.

2021년 시인의 산문집 『마이너 필링스』가 미국에서 출간된 직후 좋은 번역가와 좋은 출판사의 결단으로 한국어로 바로 번역, 소개되었고 그 결단은 독자들의 사랑으로 보답받았다. 모든 번역은 시간차를 두는 일이지만 큰 시차 없이 번역된 책의 성공은 그래서 하나의 '사건'이었다. 내가 확인한 것은, 시인이 날것으로 이야기하는 '소수자 감정'이 미국이라는 특수한 공간에서나 있을 법한 일이 아니라는 거다. 그때 그곳에도 있었고 지금도 있는 어떤 현실이고, 시간이 제법 지나서도 여전히 실감하는 감정이라는 것, 역사와 문명 안에서 크고 작은 그림자를 남기며 살다 떠난 이들의 거대한 퇴적물로 여전히 우리와 함께 하는 어떤 진실이라는 것이다.

　　그날 북토크 막바지의 질문을 기억한다. 이 시절, 어떻게 살아야 할지 모르겠다고. 나는 옆에 앉은 동료 교수님께 "써야지, 쓰는 것이 살게 하는 힘인데"라고 속닥거렸고, 캐시 박 홍도, 글을 쓰면 그 시간을 견딜 수 있다고, 글을 쓰라고, 힘주어 말했다. 도무지 괴롭고 견디기 힘든 어떤 감정이 힘겹게 현실의 표층을 뚫고 나와 우리에게 닿은 마이너 필링스는, 지금도 여전한 엄연한 현실이고, 우리를 싸우게 하는 에너지이고, 우리를 묶어주는 어떤 일렁임이 아닐까? 그 일렁임의 파장이 시작되는 지점이 바로 이제, 우리가 마침내 만나는 시의 언어다. 그러니까 내가 우선 하고 싶은 말은, 캐시 박 홍은 산문집 이전에 이미 여러 권의 시집을 낸 시인이라는 것, 시집 한 권 한 권이 모두 독창적이고 뛰어나다는 평가를 받은 좋은 시인이라는 것. 그래서 시집을 번역하는 이 시간은 그대로 특별하고 기쁜 시간이었다는 것이다.

　　다시 말하지만, 모든 번역은 시간차를 두는 일이다. 작품으로서는 다른 몸을 입고 다시 태어나는 후생(後生), 발터 벤야민(Walter Benjamin)의 말을 빌면 'afterlife'이지만, 후생보다는 '또다른 생'(another life)이라는 표현이 어떨지, 혹은 '새로운 생'(Vita Nova)이라는 표현은 또 어떨지. 모든 번역은 '새로운 생'을 만드는 창조적 작업이다. 번역가로서 충실한 번역을 지향하는 나는 동시에 번역의 창조성을 강조한다. 창조성이 중요해지는 것은 바로 시간차를 두는 번역이 갖는 속성, 어떤 기다림 때문이다. 독자도, 번역가도, 작가도 정확히 가늠하지 못하는 기다림의 시간, 다른 층위의 경험이 번역에는 개입된다. 번역은 많은 경우 우연으로 만들어지는 어떤 신비한 시간의 흐름 안에서 살아 움직인다. 한국어로 읽는 시집 『몸 번역하기』에서 번역은 그래서 바지런한 거인이 아주 오래전에 던진

청춘의 말을 받아 적는 과정이었다. 조금 늦었다 싶은, 좀 오래 걸렸다 싶은 그 받아쓰기는 먼저 우리에게 당도했던 산문집 『마이너 필링스』가 가능하게 한 일. 한국의 독자들에게 시를 끌어당겨 앉히는 지렛대 역할을 한 산문이 고마운 것은 그런 이유다. 언제든 완전히 늦은 것은 없으니까. 모든 만남은 다른 만남을 낳는 씨앗이 되니까. 이 후기는 그 모든 만남에 대한 이야기가 될 것이다.

캐시 박 홍은 이민 2세대 디아스포라 시인이다. 1970년대 미국으로 이주한 캐시 박 홍의 부모는 집에서 한국어만 사용할 것을 고집했다고 한다. 그런 언어적 환경이라면, 아무리 미국에서 자란다 하더라도 그 아이의 모어는 한국어로 규정된다. 집에서는 한국어를 말하고, 공적인 세계에서 영어를 배운 캐시 박 홍에게 한국어와 영어를 오가는 과정이 편했을 리 없다. 어떤 묵직한 곤경이었을 것이다. 게다가 언어는 사고의 틀을 만들고 감정을 규정짓는 조건이지 않는가? 시인에게는 그 묵직한 곤경이 자신의 의식에 새겨지는 어떤 상흔, 지울 수 없는 흔적이 되지 않았을까?

모든 2세대 이민자가 그런 상흔을 갖고 있는 것은 아니다. 두 언어와 두 문화, 다른 역사 사이에서 하나를 가벼이 잊어버리기도 한다. 하지만 앞의 질문을 하는 것은 이 시집에서 우리가 그런 곤경의 흔적을 마주하기 때문이다. 영어만 구사하는 네이티브들은 모르는 곤경, 상처의 흔적이다. 몸을 번역하는 것은 그러므로 세상과 맞선 흔적을 다시 쓰는 일이다. 시집 『몸 번역하기』는 그 점에서 시의 언어로 기록된 고투, 상처의 흔적이다. 그러나 그 상처는 말하자면, 크나큰 박탈이나 돌이킬 수 없는 상실보다는 사소한 어긋남에 더 가깝다. 어느 인터뷰에서 캐시 박 홍은 이 시집에서 어떤 어긋남을 말하고 싶었다고,

특히 "번역의 어긋남을 강조"하고 싶었다고 말한다. 그 점에서 이 시집이 행하는 어떤 언어적 실천은 번역 행위에 개입되는 정치적 실천과 묘하게 겹친다. 이 시집에서 '번역하기'의 일은 한 뿌리에서 떠나와 다른 쪽으로 건너가는 일, 박탈과 이식이 동시에 일어나는 사건이면서 시 창작과 번역 행위 자체에 개입되는 언어적 특이성의 문제를 다 같이 포함하는 개념이다. 그리고 동시에 디아스포라의 삶에 필연적으로 개입되는 경험의 균열을 응시하게 하는 힘이기도 하다.

시인은 집에서 쓰는 한국어, 밖에서 쓰는 영어, 구어로서의 한국어와 연결된 가족과 역사, 문화적 차이의 문제, 절대로 해소되지 않는 부모 세대와의 차이를 시로 쓰면서, 영어를 말하지만 영원한 이방인, 즉 보이지 않는 존재로 살아가는 이민자의 삶을 언어화한다. 그 과정은, 일치보다는 균열에 방점을 두게 되는 반역으로서의 번역 과정과도 통한다. 시인은 시를 통해 그 차이를, 균열을, 간극을, 다른 형식으로 치환해 보이는 것이다. 그러므로 여기서 시는 투명하고 평등한 교환 가치가 아니라 아무리 투명하게 옮기려 해도 늘 어긋나는, 아무리 명료하게 보려고 해도 불투명하게 겹치는, 목소리를 내지만 계속 지워지고 또 지워지는 어떤 생의 목소리들로 가시화된다. 몸을 번역한다는 것은 그러므로 상처 입은 몸의 재현이고, 그 재현은 어긋난 만남이자 바지런한 헛소리의 방식이 될 수 밖에 없다. 시가 어려운 것은 시가 바지런한 헛소리들의 모음이기 때문이다.

『몸 번역하기』에서 캐시 박 홍의 시는 어긋난 번역으로 받아쓰는 문화적 차이의 풍경들이란 점에서 기존의 시 문법뿐 아니라 번역의 문법을 새롭게 한다. 단일한 서정 주체의 감정을 노래하는 시의 오래된 정의는 캐시 박 홍의 첫 시집과 맞지 않다. 연작시 「몸 번역하기」는 바로 그 문제, 어긋난 번역으로서 재현되는 상처 입은 몸에 대해

이야기한다. "발화는 듣고 말하기식 교수법, 수도승의 심오한 헛소리, /
얌전한 입술이다"라고 시작하는 시에서 우리는 안다. 듣고 말하기라는
전통적인 언어 훈련, 그 교수법에는 이미 '있는 그대로'의 재현으로서의
언어에 대한 상상이 파괴되었다는 것을. "입에 물을 가득 머금고선
쏟지 않고 / 말하려고 안간힘을 쓰는 것, **으으음** / 다급한 **음**, 나중
생각, 유령, 마치 / 말하기 쑥스러운 듯—"에서 행과 줄이 끊어지듯이
배치된 시형식을 통해 배어나는 소리는 시를 통해 간신히 제대로
보여줄 수 있는 몸의 언어다. 다른 문화, 다른 역사를 가로질러 뿌리가
뽑히고 온전히 이식되지 않는 세계에서 한 주체가 대면하는 경험들,
어느 하나로 대표할 수 없는, 재현의 일반 원칙이 통하지 않는 그런
경험을 새기는 언어, 그래서 시는 몸을 번역하는 일이고, 시는 단일한
서정 주체의 단정한 음성이 아니라 복화술사가 여러 겹으로 내지르는
목소리이자 고함이다. 어떤 공간에서도 온전히 익숙해지지 않는
디아스포라 주체의 기록, 그것이 『몸 번역하기』다.

　　낯선 문화에서 낯선 언어를 익히면서 아픈 몸을 사는 일이
저절로 언어가 되지 않는 그 어색한 경험이 녹여 나오는 캐시 박 홍의
시를, 아주 독특한 영어를 한국어로 옮기는 이번 번역 작업은 그런
점에서 시의 번역이라기보다는 번역의 번역이 된다. 어긋난 번역을
다시 어긋나게 받아쓰는 일, 이 이중의 번역 작업을 나는 몸에서
엄마로, 엄마에서 몸으로 다시 오는 일이라고, 그것은 바지런한 거인,
'매친 넌'의 헛소리를 이어 쓰는 일이라고 말한다.

　　시집 맨 마지막에 보일 듯 말 듯, 관찰력이 뛰어난 독자들에게만
허락하는 듯, 비밀스러운 숨바꼭질처럼 시인은 'Mo'um'의 표준 로마자
표기가 'Mom'이라고 말하면서 책을 끝맺는다. 그 마지막 말이 어떤
속삭임처럼 들려서 나는 밑도 끝도 없는 어떤 릴레이 말 짓기 놀이를

하듯 설레기 시작한다. "원숭이 엉덩이는 빨개, 빨간 것은 사과,
사과는 맛있어"처럼, '몸'이 '맘'(엄마)이 되고, '맘'이 다시 '마음'이
되는 신비를 읊조리며, 나는 이 시집을 여는 비밀 열쇠를 몸과 맘
사이에 둘지, 맘과 마음 사이에 둘지, 아니면 몸과 마음 사이에 둘지,
아니면 그저 그 어딘가, 말과 마음이 돌고 도는 흐름 안에 시를 읽는
시선을 가만히 띄워 놓으면 될지 오래 고민했다. 한국의 독자들은 몸과
맘과 마음 사이, 그 어디 즈음에서 시인의 말을 새기게 될까, 번역된
원고를 넘기기도 전에 벌써 마음이 간질간질해진 것은 그런 이유다.
내일 아침에 누군가에게 무슨 시를 읽어줄까? 「바가지 번역하기」를
읽어줄까, 「몸 번역하기」를 읽어줄까, 괄호에는 어떤 단어를 넣을까,
마음을 물어볼까, 몸을 물어볼까, 혹은 엄마를 물어볼까, 마음이
달뜬다. 미친 년을 미친 년으로 할까 매친 년으로 할까, 이 고민을 누가
알까, 반복되는 숨바꼭질과 질문을 쉽게 거두지 못하는 것은 바지런한
거인의 목소리가 복화술사의 마술을 계속 전하기 때문이다.

　　시에서 간간이 사용되는 한국어의 흔적들은 '몸'과 '맘'과
'마음'을 오가는 열쇠말로 이 시집을 흥미롭게 하는 요소다. 시인의
한국어는 한국어 교육을 체계적으로 받은 여느 한국인들의 언어와는
확연히 다르다. 시인에게 한국어는 어떤 명료한 지식의 대상이
아니라, 몸의 경험과 밀착된 소리, 의미와 소리가 일치되지 않는
불투명한 대상이다. 게다가 미국 사회에서 이민 가정의 딸로 자라고
교육받으면서 아시아-여성으로 캐시 박 홍이 경험했을 문화 안에서
한국어는 내가 의식적으로 알기도 전에 몸에 아로새겨진 기억이면서
동시에 끝내 우리가 알고 있는 한국어의 형상을 온전히 갖추지 못한
어떤 미지의 대상이다. 이런 방식으로 한국어가 시에 개입되는 양상을
'사이'(in-between)의 시학이라고 할 수 있을지, 이것은 캐시 박 홍

이전에 한국어와 영어 사이의 틈새를 건넌 디아스포라 시인들, 가령 명미 김(Myung Mi Kim, 1957~)이나 테레사 학경 차(Theresa Hak Kyung Cha, 1951~1982)의 시 세계와 절묘하게 만나는 지점이다.

한국계 미국시의 계보에서 캐시 박 홍은 테레사 학경 차와 명미 김을 이어서 '사이'(betweenness)의 시학을 가능하게 하는 시인이다. 여기서 '사이'는 한국에서 미국으로 건너간 디아스포라 작가들의 경험과 그 복합적 정체성에 대한 이야기이기도 하지만 무엇보다 영어와 한국어 사이에서 한국어가 영어로 된 시에 어떤 영향을 미치는지, 영시에 한국어가 어떻게 '접붙여지는지', 영어로 grafting, 혹은 engrafted로 이야기할 수 있는 그런 접속의 방식을 질문하는 개념이다. 영어로 시를 쓰는 시인의 의식 안에 새겨지는 언어와 역사, 문화, 세대 간 차이와 화해가 힘든 균열을 가리키는 개념이기도 하다. 떠나온 땅, 떠나온 언어에 대한 의식이 시의 형식에 대한 고민으로 가시화되지 않은 시는 디아스포라 작가의 시라고 하더라도 '사이'의 시학을 구현하고 있다고 보기 어려운 것과 맥락을 같이한다.

한국계 미국시의 역사를 이야기할 때, 1982~83년은 무척 중요한데, 그해, 테레사 학경 차의 『딕테』(Dictée)가 출간되었고, 하와이 출신의 이민 3세대 시인 캐시 송(Cathy Song)은 『사진 신부』(Picture Bride)로 예일 젊은 시인상을 수상한다. 1982년 이후 한국계 미국시는 비평가들의 익숙한 잣대로는 빼어난 영어로 서정적인 시를 쓴 캐시 송의 계보와 언어 실험을 내세운 테레사 학경 차의 계보로 크게 나뉘는데, 이를테면 캐시 박 홍의 시는 테레사 학경 차의 계보에 속한다고 볼 수 있다. 테레사 학경 차는 안타깝게도 『딕테』가 큰 파장과 충격으로 미국 문단을 흔들며 현대문학의 엄연한 고전으로 자리 잡는 것을 보지 못하고 세상을 떠났다. 테레사 학경 차의 죽음은 면식범에

의한 강간 살해였는데, 그 끔찍한 범죄는 제대로 밝혀지지 못하고
서둘러 봉합되었다. 캐시 박 홍은 『마이너 필링스』에서 이 사건을
용감하게 다루는데, 그 용기를 가능하게 한 것은 바로 두려움이었다.
캐시 박 홍은 학부 때 명미 김의 수업에서 『딕테』를 읽으면서 받은
충격과 경이를 말하면서 그토록 천재적인 작가가 비명에 간 사건을
글에 적게 된 계기가 미국 사회에서 소수자로 살아가는 현실 저변에
드리운 강렬한 감정, 두려움을 이야기한다. 어쩌면 두려움이야말로
그의 글쓰기를 추동하는 힘이었는지 모른다.

　　　한국을 떠나서 건너간 나라에서 온전히 그 나라의 언어와
문화, 영어의 리듬에 편입되지 않고 '사이'의 시학을 구현한 캐시 박
홍이 테레사 학경 차와 명미 김의 뒤를 이어서 시도한 것은 영어와
한국어, 서정과 실험을 따로 나누지 않고, 그 사이의 다름과 차이를
자유롭게 넘나들며 자기만의 색으로 시를 쓰는 일이었다. 그 독특한
'유영'. 물결을 따라 혹은 물결을 거슬러 헤엄치는 시의 행위가 바로
몸을 번역하는 일, 몸으로 시를 쓰는 일이었던 것이다. 시집의 첫 시
「동물원」은 여러모로 상징적이다.

가　　　수상한 자음,
나　　　장난꾸러기 모음.

다　　이민자의 혀
　　　쉿소리 혹은 쉰소리로.

내가 부르는 서곡은 박쥐들 섬광 같아.
하이에나의 횡설수설과 원숭이 폼 오페라 대본.

미끈한 피부, 깜빡임 없는 눈.
맛보기 공연은 동물 가죽 입은 외국인을 초대하고.

치경음 **트**, 치찰음 **쓰**, 성문음 **흐**

shi: 시(poem)
kkatchi: 까치(magpie)
ayi: 아이(child)

퇴행된 꼬리 붙은 단어들. 역사의 흉곽은 커다랗게
갈라지고. 호텐토트족 혀 차는 소리는 미개하다 여겨지네.

위생에 집착하시는 어머니 아버지:
오래된 제3세계 냄새를 지우려 하시는 듯.

순음 **브** 그리고 구개음 **츠**:

라   그 글자
마   말을 한다
바   너 없이

난 한국어로 된 시를 꿈꾸었지, 어머니와 나누던 지난날
대화. 자다가 내가 알아듣기 힘든 소리를 조잘댔다고 하셨어.

── 「동물원」 부분

첫 시 「동물원」은 시인의 호기심 어린 시선 안에 한국어의 자음과
모음들, 한국말을 하던 부모, 그리고 다른 문화 안에서 씨름하던 어린
날의 순간들을 날렵하게 포착한다. 한국인이라면 별 의문 없이 읽고
쓰는 한글은 다른 한국계 미국 시인들처럼 캐시 박 홍에게도 친절한
기호가 아니다. 호기심 어린 관찰의 대상이다. 집에서는 한국어를
썼다지만 미국에서 자라는 이상, 어느 시점에서는 한국어가 이상한
기호가 된다. 집에서 말하는 입말로서의 한국어와 쓰인 텍스트로서의
한국어는 또 엄청난 차이가 날 수밖에 없다. 그 간극을 응시하면서
시인은 한국어를 시에 이입하는데 이는 떠나온 뿌리에 가 닿으려는
디아스포라 주체의 무의식적인 열망이 아닐까 싶다.

　　그 열망이 시에서 가시화되는 방식도 다양하여, 한국계 미국
입양 시인 선영 신(Sun Yung Shin)은 한글 자모를 완전히 생경한 어떤
기호, 언어 이전의 그림처럼 시적 재현의 대상으로 삼기도 한다. 캐시
박 홍은 한국어를 그처럼 동떨어진 기호로 보지는 않지만 말이다.
캐시 박 홍이나 선영 신의 시에서 그려지는 한글 자모는 예를 들어
'가나다라마바바사자차카타파하' 하며 우렁찬 목소리를 내뿜는 가수
송창식의 노래 「가나다라」에 등장하는 그 한글의 자모와는 확연한
차이가 난다. 이 노래를 모르는 세대는 꼭 한번 들어보시라. 한복을
입고 덩실덩실 춤을 추는 이 젊은 남성의 시원한 노래는 하고 싶은
일과 현실의 한계를 말하지만, 적어도 언어와 세계 사이의 균열은
없다. 두려움도 없다. 캐시 박 홍이나 선영 신 등 한국어를 낯선
기호로 받아들이는 이들에게 이 균열은 극복할 수 없고 무너뜨릴 수
없는 벽이다. 한국어로 된 시를 꿈꾸는 시인에게, 시의 몸은, 우리가
익숙하게 생각하는 몸과는 완연히 다른 언어, 낯선 풍경이다. 자신을
배태한 엄마의 몸이, 자연스러운 마음이, 그대로 타고난 몸이 될 수

없는 것은 그런 이유다.

시인이 낯설게 보는 대상은, 엄마이기도 하고 아버지이기도 하고, 자신의 젊은 날이기도 하고, 끝내 제대로 화해하지 못한 아버지의 죽음이기도 하다. 말하자면, 시인의 몸 번역하기는, 시인의 가족사와 시인을 낳은 역사 번역하기다. 그 번역은 불화와 불일치, 균열과 성장을 바라보는 과정이다. 부모의 유산을 끝내 전당포에 팔아넘기고 바다 건너 다른 나라로 떠나야 했던 부모 세대의 운명은, 시인 자신의 젊은 날의 자유와 방종, 그 초상들과 함께 엮인다. '몸 번역하기'를 역사 번역하기로 확장해서 읽으면, 작품에 등장하는 여러 이질적인 요소들에 대한 이해가 한결 쉬워진다. 가령 성장통과 성의 문제, 여성성에 대한 문화적 독법, 가족 관계 안에서 어긋나고 만나는 사랑의 방식, 서구 제국주의에 대한 비판적 시선 등이 시인의 발랄한 실험 속에 다양하게 배치된다.

시집 곳곳에 등장하는 호텐토트족의 몸은 그래서 이 시집 전체, '몸 번역하기'라는 행위의 중요한 상징으로 자리한다. 문명의 구경꾼이 되는 호텐토트의 거대한 몸은 서구인의 시선에서는 신기한 호기심의 대상이다. 고유한 자기 문화 안에서는 하나도 이상할 것 없는 그 기이한 몸이 서구인의 관찰과 호기심의 대상으로 전락하여 전시되는 과정은 마치 시인이 자신을 배태한 몸을, 한글 자모를, 역사를, 부모가 건너온 시간과 땅을 낯설고 거대한 대상으로 마주하는 과정과 흡사하다. 첫 시의 제목이 '동물원'인 것은 그래서 의미심장하다. 미국이라는 선진국으로 건너온 부모님은 필시 자녀들에게 더 좋은 교육을 선물하기 위해 낡은 제3세계의 문화를 지우고 싶어 할 것이다. 그럼에도 한국어를 계속 가르쳐주어 자녀들에게 뿌리를 새기고 싶은 이민자의 독특한 의지를 포기하지 않는다. 부모님의 분열된 마음은 탄식처럼,

작은 꼬리가 붙은 단어처럼, 호텐토트족의 거대한 몸처럼 낯선 질문을
계속 만든다. 이 시집은 그 호기심이 만들어내는 질문들의 모음이다.

캐시 박 홍의 시를 번역하는 이번 작업에서 나는 번역이 시인의 말을
대신 건네주는 수동적인 행위가 아니라 번역이 직접적이고 실체적인
실천 행위이자 말 그대로 '시-하기'의 일이란 것을 절감했다. 번역
과정에서 어떤 행간에 머무는 시간이 길어진 것도 그런 이유다.
시인의 시 작법은 몸을 번역하는 일에 깃든 번역 철학과도 긴밀히
연결되기에 나는 시를 연구하는 번역가로서 '시-하기'를 최대치로
실현하고자 애썼다. 시가 세상을 구원할 수 있다고 믿으며 시를 읽고
공부하고 번역해온 나는 이번 시집을 번역하는 지난 여러 해의 시간이
번역가로서나 시를 알리는 작가로서 매우 열심히 산 시간이다. 그런데
이상하지. 그 어느 때보다 왕성하게 더 많이 시를 쓰고 옮기고, 더
많은 독자들을 만날수록, 시가 무엇을 할 수 있으리라는 내 믿음이
점점 희미해지는 것이 아닌가. 아마도 시절 탓인지도 모른다. 시를 더
많이 이야기할수록 시에 대한 내 오롯한 마음이 가난해지는 이상한
어긋남은, 내 잘못도, 누구의 잘못도 아니다. 이상한 시절 잘못도
아니다. AI가 시를 쓸 수 있다 하고(그래, 시를 쓸 수 있지, 그런데 그
시는 무슨 시이지?), 자동번역기가 번역가를 대체한다고 하고(그래,
자동 번역의 기술, 놀라워, 그런데, 번역가는 무얼 하는 사람이지?),
이윤을 낳지 않는 것은 아무 쓸모 없다고 하는(그래, 그런데 쓸모
있다는 건 뭘까?) 이 시절에, 시는 아무 잘못이 없다.
　　허기 때문인지, 피로 때문인지, 내게서 기운을 앗아간 것이 무엇
때문인지, 아직도 잘 모른다. 그러다 지난 겨울, 나는 갑자기 큰 수술을
받게 되었다. 정확히 어떤 일인지도 모르게 갑자기 닥친 일이라, 오히려

나는 모르는 덕분에 가뿐히 그걸 받아들였다. 시의 마음과 번역의
윤리 등에 대한 사유를 더 긴박하게 밀어붙이던 시간에 난데없이 내
몸에 흉터가 새겨지는 걸 보고 겪는 일은 낯설고 새로웠다. 잠이 들고,
수술을 받고, 의식이 깨어나고, 몸을 바라보는 여러 달, 나는 겨울잠을
자듯 밖으로 향한 나의 촉수를 거두어들이고 내 안을 응시했다. 그간의
작업들, 벌여놓은 일들을 고요히 들여다보는 것도 그 시간이 준
선물이었다. 그리고 그 시간은 공교롭게도 캐시 박 홍의 시집 번역을
마무리하는 일정과 겹쳤다.

　　나는 누구보다 시를 읽고 번역하는 일을 즐기는 사람이다.
하지만 그 일이 쉬웠던 적은 한번도 없다. 늘 몸살을 앓는다. 이번에도
영어에서 한국어로, 시에서 시로 건너는 시간은 절대로 쉽지 않았다.
투명하지도 않았고 익숙하지도 않았고 친절하지도 않았다. 번역은 늘
낯설게 새롭게 대상 텍스트를 바라보아야 하는 일. 수술한 몸의 흉터를
보는 것만큼 기이한 변주와 강제적인 이음, 문장을 더하고 빼고 자르는
과정은 상상력을 최대한 늘리는 동시에 렌즈에 햇살을 모아 불을 만들
듯 사유의 힘을 모으는 시간이다. 이번 작업을 하면서, 내 몸에 새로
새겨진 상처만큼 시를 번역하는 일은 곧 몸과 마음을 건너는 일이고
새롭게 보는 일임을 절감했다. 거기서 그치는 것이 아니라, 몸에서
마음으로 가던 길은 다시 마음에서 모음으로 가는 길로 이어지고,
모음은 다시 엄마가 된다는 것을. 엄마는, 이제는 늙어버린 엄마는
시에서 젊디젊은 엄마가 되어 말이 잘 통하지 않는 낯선 땅에서 점점
더 낯설어지는 딸에게 "모미 아-파?"(「몸 번역하기」)라고 물어본다.
그 말을 익숙하게, 낯설게 재현하는 딸이, 어마에서 엄마로, 모음에서
마음으로, 마음에서 몸으로 가는 것은, 영어와 한국어 사이, 된장 냄새
나는 낡은 나라의 기억과 휘황찬란 거침없는 제국의 거리 사이, 당혹과

205

매혹 사이, 사랑과 추파 사이, 어딘가에서 끝없이 자신을 들여다보는 일이고, 그게 바로 시를 통해 소수자 되기를 돌파한 캐시 박 홍의 어떤 실천이다.

　　그래서 나는 다시 청한다. 그날 북토크 막바지에 울먹이는 음성으로, "이 세계를 어떻게 해야 버틸 수 있나요"라고 묻던 그 독자가 이 글을 읽을지 모르겠지만, 그에게 이 지면을 빌려 말을 건넨다. 쓰고 읽고, 읽고 쓰자고. 따로 또 같이. 몸과 마음, 모음과 엄마, 그 사이 어딘가, 낯선 매혹과 익숙한 당혹 사이에서 우리의 독자, 당신은 무엇을 보고 싶은지, 이 시집에서 무엇을 만나고 싶은지 묻는다. 잊고 싶지 않은 기억인지, 소수자 감각으로 살면서 다친 상처를 덮어줄 연고인지, 시를 통해 만나고 싶은 것은 무엇인지 말이다. 북토크 중에 시인이 물었더랬다. "'bitch'가 '미친 년'이에요?" 관객은 와르르 웃었다. 순진한 물음이었고, 순전한 웃음이었다. 그 투명한 교감이 좋았다. bitch와 미친 년은 엄연히 다른 말이고, 다른 어감이지만, 또 함께 포개지는 의미는 그 둘 사이의 거리만큼이나 의미심장하다. 나는 이 시집에서 'bitch'를 '미친 년'으로 옮겼지만, 조금 더 욕심을 부려, 옮긴이 후기의 제목에서는 '미친 년' 대신, '매친 년'이라고 적는다. 매친 년은 우리 집의 거인, 우리 엄마의 입말이다. 매친 년은, 미친 년이 아니라 매친 년은, 매친 년만이 만드는 어떤 경쾌한 고집과 에너지가 있다. 그 고집과 에너지는 '부지런한 헛소리'를 일삼는 '시-하기'의 실천을 가능하게 하는 힘이다.

　　이 시집은 부지런한 헛소리의 모음이다. 헛소리는 헤맴의 소리지만, 적확한 타격을 가능하게 하는 소리다. 헤매다가 우리는 무엇을 만나는가? 괄호를 만들어 '바가지'를 넣어서 의미를 만들어보는 일, '미친 년'과 '매친 년'을 하염없이 매만지는 번역가의 손. 오늘은

"해석 불가능한 차가운 날"(「바지런한 헛소리」)인가? 해석 가능한
따뜻한 날인가? 충실한 반역으로서 번역의 자리는 어디인가?

　　이런 질문들 통해 나는 독자에게 '시'라는 이 재미있는 놀이에
함께 하자고 청한다. 캐시 박 홍의 산문을 읽고 위로를 받은 독자는
반가워서 이 시집을 샀다가 낯선 형식 앞에서 길을 잃을지도 모른다.
'시는 역시 어려워,' 하고 물러설지 모른다. 하지만 이번 시집을
번역하는 시간이 내게는 다시 한번 문학의 힘, 언어의 신비, 특히
'시'라는 장르에 대한 특별한 애정을 확인하는 과정이었기에, 독자들도
나와 함께 낯선 거인의 헛소리를 조금 오래 음미하기 바란다. 거인은
싸움에서 이기는 자지만, 이 시집에서 거인은 왕에게 붙잡혀 퉁퉁
몸 불려 뼈와 살이 발라지는 희생자다. 엄마도 거인이고, 아버지도
거인이다. 거인은 그림자다. 한국에서 미국으로 건너 와 들리지 않는
말을 들으려 하고, 발음되지 않는 언어를 발음하기 위해 혀를 굴리는
연습을 하면서 낮과 밤 없이 살아야 했던 디아스포라의 주체는 그런
그림자 거인이다.

　　시인 또한 거인이다. 싸움에서 이기는 거인이 아니라 물에 몸
불려 뼈와 살이 발리는 사람, 싸움에서 지는 패자다. 대중의 시선 앞에
몸을 전시하는 호텐토트 여인이다. 싸움이 어떻게 시작되고 어디서
끝나는지 알지도 못한 채 어떤 열병으로 어떤 갈증으로 기어이 시를
쓰는 사람, 한국어와 영어 사이에서 씨름하는 사람, 바지런한 헛소리를
일삼는 '매친 년'이다. 몸을 번역하는 일은 그 매친 년의 열정을 새기는
일이다. 몸에서, 엄마로, 엄마에게서 다시 몸으로 건너는 새로운
생의 이야기는 비록 산문처럼 쉽게 읽히지는 않겠지만, 작가 캐시 박
홍을 특징짓는 어떤 신비롭고도 유쾌한 에너지는 그대로 전달이 될
것이다. 번역하면서 내내 지루하거나 어렵기보다 즐거웠던 것은 바로

그 쾌활하고 신비한 탄생의 힘을 실감하게 한 캐시 박 홍의 시의 언어 덕분이다.

나는 안다. 이 시절에 시 번역을 고집하는 나 또한 거인의 그림자를 옮기는 '매친 년'이라는 것을. 어긋난 몸, 어긋난 마음, 어긋난 시절에 번역을 번역하면서 끝내 고마운 대상이 시로 남는 것은 시가 바로 '매친 년'의 언어이기 때문이다. 수많은 매친 년의 목소리, 바지런한 헛소리를 들으며 독자들도 끝내 고마운 시의 힘을 얻어 새롭게 충전하길 바란다. 매일 우리의 새 마음을, 어제의 다짐을 깨고, 우리의 몸을 아득히 수직 낙하시키는 이 세계의 폭력들 앞에서 시는, 끝내, 아픈 몸을 어루만지는 마음의 언어다. 상처를 꿰매는 몸이다. 시는 몸과 맘과 마음이라는 신비를 온 존재로 증명하는 언어다.

『마이너 필링스』에서 캐시 박 홍은 친구 시인 유진 오스타셰브스키(Eugene Ostashevsk)의 "영어를 한참 두드리다 보면 다른 언어로 통하는 문으로 변한다"는 말을 인용하면서 이를 학부 때 선생님 명미 김이 최초로 가르쳐주었다고 고백한다. 실험적인 시를 읽는 응시와 기다림을 배우는 것이 얼마나 고마운 경험인지, 이제와 말하지만, 나 또한 버펄로 대학교에서 시를 공부하던 시절, 명미 김 선생님에게서 배운 게 많다. 테레사 학경 차에서 뻗어 나오는 실험적인 시를 읽는 법과 시루떡과 김치를 제대로 먹는 법을 배웠다. 상황이 힘들어져도 남을 탓하지 않는 법, 불평하지 않는 법을 배웠다. 아파도 울지 않는 법을 배웠다. 시를 낭송할 때 호흡법도 명미 김에게서 배웠다. 이중언어 사용자의 곤경은 한계가 아니라 가능성이며 시의 형식은 빈 공간까지 포함하여 시의 내용을 전하는 유일무이한 '회로'라는 것을. 아마 명미 김이 아니었으면 나는 캐시 박 홍을 만나지 못했을 것이다. 그러니 말한다. 한 만남은 다른 만남으로 이어지는 은총이라고. 시를 한참 두드리다 보면 다른 존재, 다른 세계로 통하는 문이 열린다고. 이를 얼마나 온전히 실감하는지, 그 또한 당신이 얼마나 열렬히 '매친 넌-되기'에 몰두하는지에 달려 있을 것이다. 그러니 우리, 울지 말고 시를 읽자. 눈물 쓱 닦고, 소리 내어 고요히 시를 읽자. 오늘.

캐시 박 홍(Cathy Park Hong) 지음

1976년 로스앤젤레스에서 태어났다. 그의 부모는 미국의 이민 금지가 풀린 직후인 1965년 펜실베이니아주 이리(Erie) 외곽으로 이민했다가 캘리포니아주 로스앤젤레스로 이주했다. 나무 한 그루 없이 온통 공사장인 로스앤젤레스의 신개발 지역에서 유년을 보낸 그는, 집 안에서 흰 국어로 말했기 때문에 입학할 때까지 영어를 거의 몰랐다고 말한다. 어린 시절에 겪은 '이질적 언어 환경, 이중 언어'는 역설적으로 '영어를 두드리게' 만들고, '갈등하는 의식에 가장 근접한' 그만의 어휘소 목록을 쌓게 한 동력이 되었다. 애초에는 미술 작업에 더 관심이 있었지만 진보적인 성향의 예술 대학으로 유명한 오벌린 대학교에 입학한 뒤 본격적으로 시를 쓰기 시작했다. 그 후 아이오와 대학교 문예창작과에서 시작을 이어가면서 예술 비평 활동을 병행한다. 첫 시집 『몸을 번역하기』(*Translating Mo'um*, 2002)로 푸시카트상을 수상했고, 두 번째 시집 『댄스 댄스 레볼루션』(*Dance Dance Revolution*, 2008)이 에이드리언 리치의 심사로 바너드 여성 시인상을 수상했다. 이어 시집 『제국의 엔진』(*Engine Empire*, 2012)을 출간했다. 윈덤캠벨문학상, 구겐하임 펠로십, 국립예술기금 펠로십을 수상했고, 『뉴욕 타임스』, 『파리 리뷰』, 『맥스위니스』, 『보스턴 리뷰』 등 여러 매체에 시를 발표한다. 버클리 대학교 영문학과 교수로 재직 중이다. 2020년 봄에 출간한 『마이너 필링스』 영어판은 『뉴욕 타임스』 논픽션 분야 베스트셀러뿐 아니라 각종 유력지 올해의 책으로 선정되었다. 퓰리처상 파이널리스트, 앤드루 카네기상 우수상 후보에 올랐으며, 전미도서비평가협회(자서전 부문)을 수상했다.

정은귀 옮김

한국외국어대학교 영미문학문화학과 교수이자, 우리 시를 영어로 알리는 일과 영미 시를
우리말로 옮겨 알리는 일에 정성을 쏟고 있다. 말이 사람을 살리기도 하며 시가 그 말의
뿌리가 될 수 있다고 믿는다. 믿음의 실천을 궁구하는 공부 길을 걷는 중이다. 지은 책으로
『딸기 따러 가자』와 『바람이 부는 시간: 시와 함께』, 『나를 기쁘게 하는 색깔』, 『다시 시작하는
경이로운 순간들』이 있다. 루이즈 글릭 시전집과 앤 섹스턴의 『밤엔 더 용감하지』, 윌리엄
칼로스 윌리엄스의 『패터슨』 등을 한국어로 번역했다. 심보선의 『슬픔이 없는 십오 초』(*Fifteen
Seconds Without Sorrow*), 이성복의 『아 입이 없는 것들』(*Ah, Mouthless Things*), 강은교의
『바리연가집』(*Bari's Love Song*), 황은찬의 『구관조 씻기기』(*Washing a Maya*), 한국 현대 시인
44명을 모은 『The Colors of Dawn: Twentieth-Century Korean Poetry』를 영어로 번역했다.

몸 번역하기

캐시 박 홍   지음
정은귀   옮김

초판 1쇄 인쇄   2024년 8월 5일
초판 1쇄 발행   2024년 8월 12일

ISBN   979-11-90853-57-6 (03840)

발행처   도서출판 마티
출판등록   2005년 4월 13일
등록번호   제2005-22호
발행인   정희경
편집   서성진
디자인   오혜진 (오와이이)

주소   서울시 마포구 잔다리로 101, 2층 (04003)
전화   02. 333. 3110
이메일   matibook@naver.com
홈페이지   matibooks.com
인스타그램   instagram.com/matibooks
트위터   twitter.com/matibook
페이스북   facebook.com/matibooks